글에서 삶을 배우다

글에서 삶을 배우다

1판 1쇄 인쇄 2015년 10월 22일 **1판 1쇄 발행** 2015년 10월 30일

지은이 김종회
펴낸이 김강유
책임편집 이승희 **편집** 장선정 김은영 박정선
책임디자인 길하나
책임마케팅 김용환 김새로미 이헌영
마케팅 김재연 백선미 고은미 정성준
홍보 최정은 박은경 함근아
제작 김주용 박상현 **경영지원** 양종모 김혜진 송은경 한주임
제작처 코리아피앤피 금성엘앤에스 정문바인텍

발행처 비채
주소 경기도 파주시 문발로 197(문발동) 우편번호 10881
등록 1979년 5월 17일 (제406-2003-036호)
주문 및 문의 전화 031)955-3200 **팩스** 031)955-3111
편집부 전화 02)3668-3292 **팩스** 02)745-4827 **전자우편** literature@gimmyoung.com
비채 카페 cafe.naver.com/vichebooks
트위터 @vichebook **페이스북** facebook.com/vichebook

ISBN 978-89-349-7237-2 03810 책값은 뒤표지에 있습니다.

비채는 김영사의 문학 브랜드입니다.
이 도서의 국립중앙도서관 출판시도서목록(CIP)은 서지정보유통지원시스템 홈페이지(http://seoji.nl.go.kr)와 국가자료공동목록시스템(http://www.nl.go.kr/kolisnet)에서 이용하실 수 있습니다. (CIP제어번호: CIP2015028695)

글에서 삶을 배우다

김종희 문화공감

비채

머리말

문화의 눈으로 보는 세상

자연은 소중하고 자연스러움은 귀한 것이지만, 자연 상태가 모두 값있는 것은 아니다. 그 상태에서 벗어나 삶을 보다 가치 있고 보람 있게 가꾸어 가는 행위 규범이 곧 문화이다. 문화에는 인위적인 노력이 결부되어 있고, 나아가 사회공동체의 구성원이 이를 계발·보존·계승해야 하는 당위성이 포괄되어 있다. 일반적으로 문화가 정신적 차원의 기능과 역할을 표방한다면, 물질적 차원에서 그것을 감당하는 용어는 문명이다. 인류 역사는 결국 이 문화와 문명의 연대기적 발전 과정을 기록한 것과 다르지 않다.

우주와 자연이 무한하고 인간의 삶이 유한하다는 사실을 모르는 이는 없다. 세상살이의 번민에 휩싸여 있다가도, 별빛 총총한 밤하늘을 올려다보거나 인공위성이 화성에 착륙하는 영상을 보면서 마음이 숙연해질 때가 있다. 그토록 광대무변한 우주 가운데에서 작은 먼지와 같이 미소한 자신의 존재를 다시 발견하게 되는 까닭에서다. 경희대학교 설립자이자 나의 은사인 조영식 박사께서 우주의 생성과 변화를 담은 《하늘의 명상-우주의 대창조》란 시집을 낼 때였다. 대학원 석사과정에서 아직 약관의 나이로 문학비평을 공부하던 내게 그 시집 말미의 해설을 쓸 기회가 주어졌다.

천문학자 조경철 박사의 도움을 받아 글을 쓰는 동안에 나는 정말 새로운 시야, 새로운 개안開眼을 경험했다. 일찍이 파스칼이 《팡세》에서 인간이야말로 우주에서 가장 연약한 존재이지만, 그 갈대와 같이 연약한 인간이 '생각하는 갈대'이기 때문에 위대하다고 한 레토릭을 아무런 부연 설명 없이 이해할 수 있을 것 같았다. 가장 연약한 존재의 가장 강인한 생명력은 정신적 각성의 힘, 또는 그것이 노정한 문화의 바탕 위에서 형성되는 것이 아닐까 싶었다. 그로부터 30년이 넘도록 비평문을 비롯한 글을 써오면서 이 문화의 빛나는 성좌는 내게 구원久遠의 꿈이 되었다.

문화의 눈으로 세상을 보고 문화를 통해 삶의 모양을 바꿀 수 있다는 생각은, 이렇게 선물처럼 내게 다가왔다. 이 책에 실린 글 가운데 남북관계도 문화 영역에서 대화와 교류를 먼저 시작해야 한다는 주장이나, 여러 문화 인물 또는 현상이 그 내면에 숨겨둔 문화적 인식을 찾아내는 탐색은, 바로 그러한 생각의 기반과 더불어 가능했다. 문화적 시각으로 세상사의 여러 절목을 검토하는 글쓰기는, 세월이 지나고 보니 궁극적으로 나 스스로의 정진을 추동하는 과정으로 작용했다. 나는 글에서 삶을 배웠다.

이 책은 모두 여섯 단락으로 구성되어 있다. 첫 단락 '꽃보다 밝은 문필'은 이순의 연륜에 이르도록 문학과 더불어 살아오는 동안 그 문학의 길에서 만난 문인들에 대한 이야기다. 두 번째 단락 '문화와 인문학의 뜰'은 우리 시대 문화 및 문학의 현실에 대한 인문적 사유思惟의 기록이다. 세 번째 단락 '우리 안의 깊은 지혜'는 직접 또는 간접 체험으로 겪고 느끼며 살아가는 여러 유형의 삶 속에서 새롭게, 또 감동적으로 발견하는 지혜로움에 관한 글이다. 네 번째 단락 '함께 나누는 손길로'는 동시대를 어울려 살아가는 우리가 서로 무엇을 아끼고 무엇을 나누어야 할 것인가에 대한 논의요 다짐이다.

이어서 다섯 번째 단락 '그대 나라 사랑함은'의 경우는 우리 사회의 일원이자 이 나라 국민으로서 국적 있는 생각과 행동을 어떻게 발양해나갈 것인가를 궁구窮究한 결과다. 글쓰기가 한 개인의 중심 사상을 피력하는 것이라면, 이와 같은 실천적 고백은 문필가 누구에게나 공여되는 책임이 아닐 수 없다. 마지막 여섯 번째 단락 '인식의 경계를 넘어'는 그야말로 오늘과 같은 국제화 시대, 또 디아스포라 활성의 시대에 말과 글 그리고 그것의 주체인 사람이 어떻게 확장된 의식의 안마당을 확보할 수 있으며 그것으로 무엇을 해야 하는가를 논거했다.

이 책은 내게 세 번째 산문집이다. 여기에 실린 글은 거의 한 달에 한 편씩 쓴 것이다. 이 길지 않은 글들을 쓰기가 날이 갈수록 왜 그렇게 어려웠는지 잘 몰랐는데, 그때가 곧 우주와 자연과 인생의 눈에 보이지 않는 질서 또는 이치 앞에서 겸손을 배우는 수업 기간이었던 셈이다. 그런 점에서 책의 상재와 더불어 고마워 할 대상이 너무도 많다. 넉넉하게 지면을 허락해준 여러 언론사에, 글이 숙성할 수 있도록 곁에서 조언해준 분들께, 그리고 이렇게 좋은 책으로 묶어준 비채 출판사와 이승희 팀장께 특히 깊은 감사의 뜻을 밝혀둔다.

2015년 10월

고황산자락 교수회관 연구실에서

김종회

차례

4 • **머리말** | 문화의 눈으로 보는 세상

꽃빛보다 밝은 문필

14 • 백 년의 사랑
18 • 가을의 기도
22 • 죽어서 별이 된 예술가
26 • 한 작가의 새로운 경계
30 • 예술혼의 두 경우
34 • 우리 문학의 새로운 길
38 • 작가는 작품으로 죽음을 넘는다
42 • 박완서, 체험과 치유의 글쓰기
46 • 예술적 허구의 힘
50 • 문학의 작은 거인

문화와 인문학의 뜰

하동과 창원의 문화분권 실험 • 56
내일 소녀네가 양평읍으로 이사 간다는 것이었다 • 60
인문학은 돈이 될 수 있는가 • 63
투사와 시인 • 67
다시 인문학의 길을 묻다 • 71
목후이관들에 대한 반역 • 75
시대를 넘어서는 시 • 78
고성 '동화나무의 숲' • 82
미에 신이 있느니라 • 86
다시 감수성의 혁명을 • 93

우리 안의 깊은 지혜

행운은 준비된 사람에게 온다 • 98
대팻날을 가는 시간 • 102
생의 마지막 5분 앞에 선다면 • 107
말 속에 얼굴이 있고 마음이 있고 갈 길이 있다 • 110
희망은 공짜다 • 114
현재는 선물이다 • 118
금 간 항아리 • 122
명품은 우리 안에 있다 • 126
사람됨이 관건이다 • 130
창의력이 희망이다 • 134

함께 나누는 손길로

140 • 마음에 잠복한 선한 의지를 깨우자
145 • '견딜 수 없는 고통'의 반대말은
148 • 눈물은 나누고 희망은 지키고
151 • 선을 쌓은 곳에 경사스러운 결과가 있다
155 • 생명을 살린 아름다운 손길
159 • 감동이 있는 삶
163 • 공룡과 빗물
167 • 편작의 마음을 가진 리더
171 • 농어촌에 희망을 주는 문학이 가능할까
175 • 참된 감동은 세대를 넘는다

그대 나라 사랑함은

180 • 신조선책략
184 • 멀리 가려거든 함께, 곡선으로
187 • 하얼빈 역전의 안중근 의사
191 • 답은 역사 속에 있다
195 • 대선 후보의 본질을 보자
199 • 대통령의 유머
203 • '역사 전쟁'에서 이기려면
207 • 주머니 속의 바늘
211 • 두 여자의 아이 다툼
215 • 주춧돌을 놓는 행복

인식의 경계를 넘어

문학 세계대회의 빛나는 모범 • 220
해외에서 모국어로 글쓰기 • 224
문학의 경계인들, 분단과 전쟁을 딛고 서다 • 228
'엘불리'의 교훈 • 233
건전한 상식이 재난을 이긴다 • 237
도쿄의 한국 장터 • 241
균형 있는 삶이 아름답다 • 245
남북 인적 교류의 새로운 차원 • 249
최우선은 이산가족 상봉이다 • 256
남북관계 개선, 돌파구는 문화다 • 259

출처 • 262

꽃빛보다 밝은 문필

- 백 년의 사랑
- 가을의 기도
- 죽어서 별이 된 예술가
- 한 작가의 새로운 경계
- 예술혼의 두 경우
- 우리 문학의 새로운 길
- 작가는 작품으로 죽음을 넘는다
- 박완서, 체험과 치유의 글쓰기
- 예술적 허구의 힘
- 문학의 작은 거인

백 년의 사랑

"사람이 어떻게 죽을 것이냐 하는 문제는 곧 어떻게 살 것이냐 하는 문제와 같다." 지금으로부터 14년 전, 2000년 9월에 유명幽明을 달리한 필자의 스승 황순원 선생께서 생전에 자주 하시던 말씀이다. 죽음의 순간은 그 사람이 살아온 인생 전체를 반영한다. 다가올 죽음을 걱정하기 보다는 남아 있는 삶의 나날에 정성을 다하는 것이 오히려 두려움을 넘어서는 길이 된다는 뜻이다. 생전의 언표를 실천하듯 〈탈〉이후 황순원의 후기 단편들은 죽음이라는 주제를 치열하게 탐색한다.

말년의 선생께서는 이 땅에서 수壽를 다하고 세상을 하직할 때, 가족이나 주위에 폐 끼치지 않고 갈 수 있도록 기도한다고 여러 차례 강조했다. 평생을 해로한 부인 양정길楊正吉 여사와 함께 서울 사당동에서 살 때, 두 분의 모습은 한 쌍의 단정학丹頂鶴처럼 고고했다. 단정학은 황순원의 수발秀拔한 단편 〈학〉에 등장한다. 20세기의 끝자락인 1990년대 말, 두 분은 매일 근처의

삼일공원을 산책하고 서로를 위해 기도한 후 잠자리에 드셨다. 어느 하루, 그렇게 편안하게 주무신 선생께서는 그 모습 그대로 정갈하게 천국으로 가셨다.

생전의 선생께서는 아내의 보살핌이 없었더라면 자신의 문학이 가능하지 않았을 것이라고 술회했다. 아울러 그 절반은 아내의 몫이라고 선언하듯 말했다. 데뷔작으로 일컬어지는 시 〈나의 꿈〉 이후 시 104편, 단편 104편, 중편 1편, 장편 7편에 이르는 황순원 문학의 집적 뒤에는 그 같은 뒷받침이 숨어 있었다. 두 분은 1915년 생 동갑이다. 방년 20세가 되던 1935년 1월, 숭실중학을 졸업하고 일본 와세다 제2고등원으로 유학한 선생과, 나고야 금성여자전문의 학생이던 부인은 일생의 반려자로 출발했다.

평안남도 숙천에서 과수원을 경영하며 만주 봉천에 사과를 수출하기도 한 양석렬楊錫烈의 장녀인 신부는, 평양 숭의여학교를 다닐 때 문예반장을 지냈고 선생과는 이때부터 교제가 있었던 것으로 알려져 있다. 당시로서는 보기 드물게, 문학적 재능과 소양을 가진 이들의 연애결혼이었다. 선생의 문학이 신앙심이 깊고 활달하며 무엇보다 문학에 대한 조예를 갖춘 부인의 조력을 비길 데 없는 원군으로 얻게 된 셈이다. 그 부인은 말년의 선생에게 늘 "이제 천국을 소유하셨다"고 축복했다.

선생께서 먼저 떠나신 지 14년이 된 지난 9월 5일, 마침내 그 부인도 그렇게 그리워하던 남편이 있는 곳으로 가셨다. 향년 99세다. 돌이켜 보면 참으로 장구한 세월이었다. 월남 실향민의 가족으로 남한에서 자리 잡고 사는 일, 전란의 포화를 피해 부산에서 피난살이를 할 때의 곤고함, 3남 1녀의 세 자녀를 키우고 그 사회적 성취를 북돋운 수고, 신앙인으로서 보이지 않는 곳의 어려운 이들을 도우며 산 100년의 인생이 거기 있었다. 때로는 "소설가 황순원의 부인으로 사는 것이 그렇게 쉬운 일이 아니었다"는 고백도 있었다.

두 분이 함께한 세월 65년, 먼저 간 선생을 기리며 산 세월 14년은 이제 시대사의 갈피 속으로 묻혀질 것이지만, 한 시대의 징검다리를 함께 건너온 두 분의 이야기는 많은 이들에게 '백 년의 사랑'으로 남아 있다. 지금도 필자는 사당동 아파트 앞길과 가끔 모시고 다니던 양평 소나기마을의 들녘이 눈앞에 떠오른다. 그 음성도 들린다. "김 교수, 미운 사람 떡 하나 더 주어라. 내가 김 교수에게 소나기마을을 맡긴 것은…." 어느덧 작가 황순원과 그 부인을 함께 모시고 많은 사람들에게 동심의 순수성과 마음의 안식을 회복하게 하려는 소나기마을은 필자에게 소중한 사명이 되었다.

두 분 묘역에는 다음과 같은 묘비명이 새겨 있다. "20세기 격동기의 한국문학에 순수와 절제의 극을 이룬 작가 황순원 선생(1915-2000), 일생을 아름답게 내조한 부인 양정길 여사

(1915-2014), 여기 소나기마을에 함께 잠들다." 초가을의 싱그러운 햇살과 삽상한 바람결 속에, 방문객들의 발걸음이 분주한 가운데, 다시 함께 자리한 두 분의 대화가 사뭇 궁금하다.

가을의 기도

"가을에는/ 기도하게 하소서…/ 낙엽들이 지는 때를 기다려 내게 주신/ 겸허한 모국어로 나를 채우소서." 다형茶兄 김현승 시인의 시 〈가을의 기도〉 첫 연이다. 어느덧 가을이 깊었다. 지난해 유명을 달리한 최인호 작가의 표현을 빌면 '온통 붉은 축제와도 같던 여름'이 어느 결에 퇴장하고, 만산홍엽과 조락의 계절이 지금 여기에 당도했다. 미상불 이번 가을의 기도는 그 언사 가운데 포함해야 할 절목이 너무도 많다. 한 해가 그 종반으로 향하는 길목에서 돌아보니, 온 나라에 회오와 탄식이 넘쳐났다.

2014년 10월 18일, 저 남녘 광주에서는 '다형문학대전'이란 행사가 있었다. 김현승 시인을 기념하는 사람들이 모여 그의 시를 읽고 노래하고 또 학술강연도 했다. 거기 남구 양림동 일대는 예향藝鄕이라는 이름에 걸맞도록 문화예술의 향기로 충일했다. 사직공원으로 오르는 야트막한 언덕길에는 여러 모양의 문화행사와 공연 표지판이 즐비하게 늘어서 있었다. 그런가 하면 기독교 시인 김현승을 배태할 만큼 종교 유적지로서의 역사적 교훈도 진중했다. 수많은 외국인 선교사들이 한국에 들어와 교육과 의료선교의 사명을 다하고 그 언덕길 부근에 잠들어 있었다.

가을을 기도의 계절로 인식한 김현승은 일제강점 초기 평양에서 목회자의 아들로 태어나 광주에서 성장기를 보내며 미션 계열인 숭일소학교를 다녔다. 다시 평양에서 숭실중학교를 다녔으며 20대 초반 약관의 나이에 시를 발표하기 시작하여, 궁핍하고 어두운 시대의 모습을 민족적 성향의 낭만주의와 종교적 세계관에 담았다. 그의 시어들은 깔끔하고 투명하다. 당대의 문인 정지용, 김기림, 이태준 등이 그의 시를 크게 칭찬하면서 일찍부터 문단에 이름이 알려졌다. 해방 이후에는 교직에 적을 두고 지속적으로 시를 썼다.

엄정한 기독교 윤리를 바탕으로 출발한 그의 시는 종교와 문학, 신과 인간의 관계를 긴장감 있게 그리고 탄력적으로 보여주는 주목할 만한 범례에 해당한다. 그의 삶과 문학이 그러한 관계성의 발단과 변화와 종결을 극적으로 보여주는 과정을 따라가기 때문이다. 초기시의 소박한 로맨티시즘의 단계를 지나 중기시에 이르면 신의 진능에 비추어 본 인간의 존재론적 한계를 인식하기 시작하고, 후기시 〈견고한 고독〉이나 〈절대고독〉

같은 시편에 이르면 걷잡을 수 없는 회의가 폭발하면서 마침내 신과의 결별이라는 극약 처방을 내놓는다. '모든 신들의 거대한 정의' 앞에 시라고 하는 '가느다란 창끝'으로 거스르던 시인은, 고혈압으로 쓰러진 이후 말기시에 이르러 다시 신에게로 복귀하며 '돌아온 탕자'처럼 눈물의 시를 써낸다.

김현승 시와 삶의 이 도저한 굴곡은 그것 자체로서 의미가 있는 것이 아니다. 그것이 종교와 문학의 상관관계를 반영하는 데에 그치지 않고, 종교적 기반으로부터 발양된 사상성의 힘으로 보다 깊고 확장된 문학적 성과를 수확할 수 있었기 때문에 중요하다. 동시에 생경한 종교적 교리를 문면에 떠올리는 '종교로서의 문학'을 앞세우지 않고, '문학의 종교적 경향'을 통해 시가 스스로의 값을 얻도록 한 형국이다. 거기에 김현승의 파란만장한 인생과 신앙의 역정이 납득할 만한 재료로 사용된 셈이다. 이는 또한 인류사에 남은 모든 훌륭한 예술의 존재양식이기도 하다.

"가을에는/ 사랑하게 하소서…/ 오직 한 사람을 택하게 하소서/ 가장 아름다운 열매를 위하여 이 비옥한/ 시간을 가꾸게 하소서." 〈가을의 기도〉 두 번째 연이다. 기독교의 신본주의와 문학의 인본주의를 함께 포괄하여, 온 생애를 일관한 그 빙탄불상용氷炭不相容의 갈등 속에서 정갈한 가을 시편을 남긴 시인으로부터 우리가 '기도'를 배워야 할 계절이다. 우리 개인을 넘어서

이 나라와 민족을 생각하면, 참으로 기도해야 할 일들이 눈앞에 첩첩하다. 세월이 지나면 우리의 후대가, 그 어려운 시기에 당신의 세대는 나라를 위해 무엇을 염원하고 또 실천했는가를 물을 것이다.

죽어서 별이 된 예술가

옛말에 호랑이는 죽어서 가죽을 남기고 사람은 죽어서 이름을 남긴다虎死留皮 人死留名고 했다. 어쩌면 일생을 사는 것의 결과가 이름 석 자로 남는 것인지도 모르겠다. 평범한 사람은 자신의 행전行傳에, 공인은 역사의 기록에 족적을 남긴다. 어떻게 죽을 것이냐 하는 문제는 곧 어떻게 살 것이냐 하는 문제와 같다는 인식에 비추어보면, 이름을 남기기 위해 열심히 사는 것이 아니라 열심히 살다 보니 그 이름이 크게 남는 형국이 된다.

동양문화권의 정명주의正名主義에 투철했던 선비들은 스스로 이름에 때를 묻히지 않으려 부심腐心했다. 그렇게 신명身命을 다해 노력해도 후세의 사필을 피해 가기는 어려웠다. 이처럼 실리보다 명분이 앞서는 전통사회에서는, 생전의 평가가 사후에 번복되는 사례가 없지 않았다. 그러나 다층적 감각과 속도를 앞세우는 오늘날에 와서는, 자신의 시대에 제대로 평가받지 못한 인물이 다음 시대에 기릴 만한 인물로 부상하는 경우란 매우 드물다. 물론 예외가 없지는 않다.

허먼 멜빌은 생전에는 무명에 가까웠으나 사후에 새롭게 평가되어 미국을 대표하는 문인의 반열에 오른 작가이다. 그의 소설 《모비딕》은 19세기 미국문학의 르네상스를 이끈 독보적인 성과로 인정받고 있다. 1819년 뉴욕의 부유한 무역상 가문에서 태어난 멜빌은, 열세 살에 아버지의 파산으로 학업을 그만두고 생활 전선에 나섰다. 스무 살부터는 여객선 선원 일을 했고, 그 2년 후에 남태평양 포경선을 탔다. 《타이피족》을 비롯한 일련의 해양 모험소설들은 이 무렵의 체험을 바탕으로 쓰인 것이다. 멜빌이 《모비딕》을 완성한 것은 그의 나이 서른두 살 때였다. 이 소설은 고래잡이에 관한 박물학 서적이라 불러도 좋을 만큼 포경 기술의 설명에 많은 부분을 할애했고, 그런 연유로 《모비딕》은 서점의 문학 서가가 아닌 수산업 코너에 꽂혀 있기도 했다.

소설을 쓴 멜빌의 말년은 가난하고 비참하기 이를 데 없었다. 기록에 따르면, 지금은 부동의 명작이 된 이 작품으로 그가 벌어들인 수익은 고작 556.37달러였다. 1891년 9월, 심장병으로 세상을 떠났을 때 그를 문인으로 기억하는 이는 드물었다. 멜빌에 대한 재평가가 이루어진 것은 탄생 100주년인 1919년이었고, 그제야 연구자들이 그의 생애와 작품에 대해 관심을 갖기 시작했다. 그리고 20세기 후반에 이르러 그의 이름을 대중적으로 알리는 데 기여한 것은, 다름 아닌 스타벅스 커피였다. 미국 서해안의 대표적 어항인 시애틀에서 출발한 '스타벅스 커피'는 소설 속 인물인 일등항해사 스타벅에게서 그 이름을 얻었다. 인문학적 취향이 넘쳤던 이 기업의 창업자들이 냉철한 항해사 스타벅에 매료된 터이다.

생전에 평가받지 못하기로는 《폭풍의 언덕》을 쓴 에밀리 브론테도 뒤지지 않는다. 친언니 샬롯 브론테의 《제인 에어》가 출간과 동시에 호평을 받은 것과는 달리, 《폭풍의 언덕》은 도덕성을 훼손하고 구성이 난해하다는 혹평을 받았다. 에밀리는 1848년 폐결핵을 이기지 못하고 서른 살의 젊은 나이에 타계했다. 그녀의 작품은 사후 반세기가 지난 19세기 말이 되어서야 문학적 재평가를 받기 시작했고 마침내 셰익스피어의 《리어 왕》, 멜빌의 《모비딕》과 더불어 영문학 3대 비극으로 꼽히게 되었다.

한국의 시인 중에서도 역시 생전에는 크게 주목받지 못하다가 사후에 재평가가 시작되어, 이제는 많은 문인들이 그 문학세계를 인식하고 창작에 영향을 받는 이가 있다. 바로 김달진 시인이다. 불교 사상에 깊이 심취하여 우주자연을 비고 열린 눈으로 바라보면서 삶의 소탈한 깨우침을 노래한 그의 시는 이제 놓쳐서는 안 될 우리 문학사의 한 대목이다.

고흐가 파리에서 보낸 2년을 떠올려본다. 고흐에게 있어서 이 시기는 뒷날의 웅혼한 화폭을 예비한 치열한 실험실이었다. 들끓는 예술에의 열정과 웅숭깊은 인간애를 끌어안고 살았던 고흐는, 참으로 비통하게도 캔버스를 구하지 못해 그림 위에 그림을 그렸고 물감의 소모를 걱정해야 했다. 생전에 부와 명예를 모두 누렸던 피카소에 비하면 통분하기까지 한 정황이었다. 하지만 그 궁핍과 고통 속에서 피어난 예술이 이제 널리 세상을 밝히고 있다. 이 또한 살아서 힘겨웠으나 죽어서 위대한 이름을 남긴 하나의 범례이다.

한 작가의 새로운 경계

강태근 작가를 처음 만난 것은, 경희대학교 대학원 박사과정 강의실에서였다. 필자의 학과 직속 선배이긴 하나 연령의 차이로 함께 학교를 다닐 기회가 없었고, 어렴풋이 그 문명文名을 전해 들었을 뿐이었다. 강의실에서의 그는 늘 성의 있고 진중하였으며, 후배들이 보기에 후덕한 맏형 같은 인상이었다.

그의 은사이자 필자에게도 그러한 고故 황순원 선생께서는 그를 특별히 아꼈다. 역사상 가장 오랜 권위와 전통을 가진 경희대 전국 고교문예 현상공모에서, 그는 황 선생의 선選을 받았다. 그에 뒤이어 1968년 문예장학생으로 경희대 국문과에 입학했다. 황 선생의 문하에서 1988년 박사 학위까지 모두 마치고 대학 강단으로 진출할 때, 황 선생은 정성어린 추천서를 써 주었고 심지어는 백지에 도장만 찍어 추천서 문안을 위임하는 신뢰를 보여주기도 했다. 그런 점에서 강 작가는 스승 복이 많은 사람이다.

일찍이 충남 논산에서 출생하여 대전 보문고에 진학한 그는, 고교 재학 중에 제11회 대한민국 학술문화예술상을 수상하는 등 일찍부터 문학적 재능을 드러냈다. 그러나 신중한 품성만큼 소설 또한 과작寡作이었다. 학위를 마친 후 여러 대학의 소설 창작 및 소설론 강의를 맡고 있으면서 스스로 창작을 포기하지 않았으며, 예순 중반에 이르러 고려대학교 교수로 적을 두고 있을 때에도 현역 작가의 길을 걸었다.

그동안 4인 창작집 《네 말더듬이의 말더듬》과 개인 창작집 《신을 기르는 도시》 등을 상재한 작가 강태근의 소설 세계는, 인간의 외형과 내면이 밀접하게 맞물려 있다고 보고 그 본질의 정체성을 탐색하는 경향이 약여하다. 특히 정신의학적 증상으로 나타나는 여러 병리적 상황은, 근원적으로 사회·역사적 사건과 상관된다고 판단한다. 그러기에 작가로서 그는 그 부정적 면모에 대해 침묵하거나 후퇴하지 않고 정면으로 마주선다.

그런가 하면 그는 전통 사회의 가부장적 질서 또는 아버지의 상실이라는 주제가 소설적 담화로 어떻게 표출될 것인가에 대해 관심이 깊어 보인다. 이는 우리 민족 전래의 강건한 선비정신, 곧 유학의 정명주의에 잇대어 있는 것으로, 문학을 통해 사회 고발이나 사회적 실천의 영역으로 전화될 수 있는 모티프를 포괄한다. 그가 몸담고 있던 사학 재단과의 갈등 때문에 현장과 거리, 법정에서 투쟁한 오랜 세월이 그의 소설 세계와도 무관하지 않다는 말이다.

미상불 이 투쟁의 기간을 통하여, 그는 많은 것을 잃거나 포기해야 했고 그만큼 심정적 고통도 극한의 지경에 있었을 것이다. 그러나 그 과정을 통하여 어쩌면 인간이 마지막까지 지켜야 할 위의나 정신적 가치와 같은 덕목은, 그 체험이 없는 경우와 견주어볼 때 훨씬 큰 진전과 승급을 이루었을 것이 분명하다. 지난 2012년 선보인 장편소설《잃은 사람들의 만찬》은 바로 작가 강태근의 가슴 아픈 자전적 기록이다.

이 소설의 주인공 강청은 작가의 심경과 행적을 직접적으로 반영하고 있으나, 그렇다고 해서 작중인물이 작가와 동일하지는 않다. 그것은 소설이라는 문학 장르의 존재양식이기도 하다. 하지만 강청이 작가의 절망과 울분, 그 진정과 소망을 담아내기에는 부족하지 않다. 총 3부로 이루어진 이 소설은 작가 자신을 위한 카타르시스이자 유사한 사건들에 대해 오래 묵은 육성으로 환기하는 비판의 경종이다. 우리는 한 작가의 생애를 담은 이 소설적 서사를 유의 깊게 성찰해야 할 책무를 넘겨받은 셈이다.

주인공 강청은, 마오쩌둥毛澤東 사후 중국 문화대혁명 기간에 숙청된 4인방의 우두머리와 이름이 같다. 마오의 세 번째 부인이기도 했던 그녀의 몰락이 작가에게 어떤 시사점을 던졌는지는 확실하지 않으나, 중국의 강청 못지않게 이 소설 속의 강청도 사회·역사적 인물로서의 비중을 가졌다. 필자가 바라기로는, 이 소설을 계기로 강 작가가 자신을 금압했던 오랜 굴레를 벗어던지고, 저 해맑았던 소년 수재秀才의 초심을 회복하여 더 유암柳暗하고 화명花明한 창작의 경계를 열어갔으면 한다.

예술혼의
두 경우

인류가 만든 악기 가운데 가장 장엄하고 위력 있는 것은 파이프오르간으로 알려져 있다. 그 기원은 고대 그리스 시대까지 거슬러 올라가고, 중세 유럽에서 소규모의 이동 가능한 형태로 만들어졌다는 기록이 있다. 오늘날과 같은 규모와 음향효과는 20세기 들어 맥주 캔 아이디어에서 유래했는데, 여기에는 다음과 같은 일화가 숨어 있다.

미국의 젊은 피아니스트 론 세버린Ron Severin은 주류상회 앞을 지나다가, 그 앞에 쌓인 빈 맥주 캔을 보고 눈이 번쩍 뜨였다. 빈 캔들이 줄지어 쌓여 있는 것을 보는 순간, 무어라 표현할 수 없는 음악적 영감이 섬광처럼 그의 영혼을 흔들었던 것이다. 그는 곧 가게 주인에게 자신이 빈 캔들을 치워주겠다고 제안했다. 주인은 고맙다며 그렇게 하라고 했다. 당시 세버린은 캘리포니아 롱비치주립대학의 학생으로, 다우니교회의 오르가니스트였다.

세버린은 한 아름씩 캔을 실어 와서 손질하기 시작했다. 위와 아래의 뚜껑을 모두 따내고 깨끗하게 소독한 다음 긴 파이프가 되도록 용접을 했다. 어떤 것은 길게, 어떤 것은 짧게 만들고 파이프의 주둥이 부분을 만들어 달았다. 각 파이프의 길이를 달리하여 플루트와 비올라의 소리가 나게 하기까지 한 시간 정도밖에 걸리지 않았으나, 리이드와 유사한 음을 내는 데에는 오랜 시간과 노력을 기울여야 했다.

결국 그는 3년의 세월 끝에 아름다운 파이프오르간을 만들어내는 데 성공했다. 인류 역사에 새롭고 웅장한 악기 하나가 제 모습을 드러낸 것이다. 그는 인간의 정신을 혼미하게 하는 술이 담겼던 그릇을 고상한 예술의 도구로 만들었다. 같은 물질이라도 쓰기에 따라 이렇게 그 가치가 달라지는 것이니, 같은 물을 뱀이 먹으면 독이 되지만 양이 먹으면 젖이 되는 이치와 마찬가지다.

그런데 여기 우리가 자칫 간과하고 넘어가기 쉬운 사실이 하나 있다. 3년의 짧지 않은 시간을 파이프 오르간 제작에만 바친 한 젊은 음악가의 예술혼이다. 이 집중과 몰두의 침잠 없이는 예술적 생산을 기대할 수 없는 까닭에, 예술가는 때로 자신의 생명과 맞바꾸면서도 이 험난한 길을 마다하지 않는다. 그러기에 위대한 예술 작품을 남긴 이들의 삶에는, 이처럼 외롭고 힘든 발걸음이 아로새겨져 있다. 베토벤의 선율에서, 고흐의 화폭에서, 두보의 방랑시편에서, 이상의 초현실적 문면에서 그 여러 증좌가 목격된다.

젊은 나이에 모국을 떠나 일생을 미국에 머물면서, 지속적으로 작품을 쓰고 또 후배 문인들을 문학의 길로 인도한 작가가 있다. 샌프란시스코 한국문학인협회를 조직하고 해마다 지역 문인들과 창작집을 발간하며 여름이면 문학캠프를 열어 문학의 이름으로 모국어를 지킨 재미 작가 신예선 선생의 이야기이다. 세버린이 파이프 오르간에 쏟아부은 열정처럼 그의 뜨거운 문학열이야말로, 지금까지 그를 지켜온 힘이었을 것이다.

신 선생은 2012년 경남 하동에서 열리는 이병주국제문학제의 국제문학상 대상을 받았다. 한국 문단의 원로와 중진 작가 및 평론가들로 구성된 심사위원들은, 한결같이 그 문학적 성취와 더불어 거기에 온 인생을 던진 단호한 선택에 관해 언급했다. 나라나 직분을 위해 목숨을 내놓는 순국과 순직이 있듯이 그에게 문학을 위해 모든 것을 내놓는 순문학殉文學의 과단성이 있었기에 작가로서 존중받는 자리에 이르렀을 터이다. 한 차례의 수상으로 한 작가의 문학 인생을 온전히 설명할 수는 없겠지만 세상은 그렇게 그 나름으로 냉엄한 기억의 회로를 작동하고 있었다.

겉으로 별다른 인과의 친연성이 없어 보이는 사실들마다, 마침내 벗어날 수 없는 보응의 원리 아래 복속되어 있는 것이 우리 인생이다. 그래서 '하늘 그물은 성기지만 무엇 하나 빠뜨리지 않는다天網恢恢 疏而不漏'고 노자는 말했다. 우리도 자기 몫을 뜨겁게 감당한 예술가들처럼 눈앞의 일에 성실을 다한 다음에야 그 세월이 가져다줄 보상의 결과를 기대하며 기다려볼 수 있겠다.

우리 문학의 새로운 길

설 연휴에 김진명 작가의 소설《고구려》네 권을 읽었다. 여러 소문을 들었으나 큰 기대 없이 가벼운 독서로 출발했다. 그런데 첫 권을 마치면서 우선 읽는 자세를 바꿨다. 편안하게 기대어 읽을 수가 없어 정색하고 앉아야 했다. 한때 낙양의 지가紙價를 올렸던 작가의 소설《무궁화 꽃이 피었습니다》를 두고 정론적 평가 자체를 외면했던 필자로서는, 만만찮은 충격과 함께 작가 및 작품을 괄목상대하지 않을 수 없었다.

《무궁화 꽃이 피었습니다》는 이야기의 재미와 규모가 남다른 반면, 서사구조와 미학적 가치의 결손이 너무 컸다. 베스트셀러에 올랐다고 해서 반드시 좋은 작품은 아니라는 명제의 표본으로 간주될 만했다. 그로부터 18년의 세월이 지나 만난《고구려》는, 과장하여 말하자면 상전벽해의 느낌을 주었다. 작가의 다른 작품들을 챙겨 읽지 못해 이 두 작품만의 비교에 따른 결과이기는 하다. 그리고 소설의 배경 또한 현대사회로부터 고대의 역사공간으로 옮겨간 차별성이 있기는 하다.

《고구려》는 역사소설이 가진 미덕을 발양하여, 협소한 사서의 기록을 바탕으로 자유로운 상상력의 날개를 펼쳤다. 고구려 15대 미천왕 을불과 당대의 재상이었던 창조리를 중심으로 전략과 경륜, 인품과 지혜의 다양다기한 측면을 천착했다. 무엇보다 소설 읽기의 재미와 여운이 길게 남는 교훈을 놓치지 않았다. 때로 무협소설을 방불케 하는 우연성 또는 극적 구성의 남발, 역사 전체의 성격에 대응하기 어려운 제한적 시각 등이 여전히 잔존한다. 하지만 우리 젊은이들이 삼국지보다 먼저 고구려를 알아야 한다는 작가의 말은 설득력이 있었다.

문학작품의 성과를 인정하는 문화적 환경도 《무궁화…》 때에 비하여 많이 달라졌다. 문자문화 활자매체의 시대는 어느덧 그 주류가 영상문화 전자매체의 시대로 전환되었고, 예술성을 추구하는 순수문학과 오락성을 앞세우는 대중문학의 경계, 심지어 작가와 독자의 경계마저도 모호한 시대로 접어들었다. 더 나아가 대중문학과 통속문학 또는 상업주의문학의 구분이 과거와 같은 호응을 얻지 못하는 상황이고 보면, 김진명식 비본격소설의 영역을 지난날의 잣대로 측정하는 방식은 이미 지나가고 있다.

이렇게 세상이 바뀌는 시기에 이르러 우리 작가들은, 여전히 작품의 정교한 짜임새에 몰두하거나 형식실험에 침윤하는 관행을 과감히 수정할 필요가 있다. 이야기를 읽는 재미를 통해 독자와 교통하는 소설의 본원적 기능을 되살리면서, 《고구려》가 보여준 인물 설정과 묘사의 활달한 본색을 회복했으면 한다. 그 가운데서 시대와 인간, 논리와 감동이 어우러지는 호방한 서사문학이 창달되기를 기대한다. 그래야만 누보로망 작가 로브그리예가 말한 바, 소설을 쓴다는 행위는 문학사가 포용한 초상화 전시장에 새로운 초상을 부가하는 일이 될 것이다.

을불과 창조리, 주아영, 최비, 단목중걸, 모용외 같이 생동하는 힘과 복합적 의미를 가진 인물들의 형상화가 결코 간략한 기량 위에서 산출되었을 리 없다. 작가는 이 작품을 17년 간 준비했다는데, 미상불 작품의 성장은 곧 작가의 세계관 성숙과 비례할 것이다. 일찍이 드라마작가 신봉승의 붓끝에서 만고역적 한명회가 한 시대를 풍미한 경세지략가로 변환된 것은, 충실한 사료의 검색과 객관적인 재해석의 노력이 있고서야 가능했다. 그런가 하면 근래의 텔레비전 사극들은, 지나치게 고증의 엄정성을 무시한다. 역사적 사실성을 훼손한 채 문학적 상상력만 확대해서는 결코 좋은 작품이 될 수 없다.

역사문학은 역사와 문학이라는 두 중심 줄기의 균형과 조화를 통해 생성되는 혼종성의 예술이다. 사실성에 치우치면 문학적 묘미가 사라지고 상상력에 치우치면 역사적 근거가 취약해진다. 이 양자를 거멀못처럼 잘 결부하면서 이야기의 재미를 산출한 이병주나 이문열의 역사 소재 소설들이 참고가 될 수 있겠다. 문학이 독자에게 깨우침과 즐거움을 함께 공여해야 하는 시대에, 《고구려》는 하나의 새로운 범례를 선사했다. 그런 만큼 다수 독자의 눈길로부터 주목받지 못하는 오늘의 우리 문학이, 선 자리와 갈 길을 다시 돌아보는 자기성찰의 계기로 삼았으면 한다.

작가는 작품으로 죽음을 넘는다

봄꽃 향내가 한창 풍성하던 2011년, 평소 가까이 모시던 작가 김용성 선생으로부터 전화가 걸려왔다. 허리가 안 좋아 병원에 들어가 계시다기에, 수술 날짜가 잡혔다는 말씀인 줄 알았다. 그런데 수화기를 타고 흐르는 음성은 전혀 다른 것이었다. '내 날이 얼마 안 남은 것 같아.' 무슨 말씀이시냐고 재차 물었더니, 갑자기 암 말기 판정을 받으셨다는 대답이었다. 지난해 검진에서 별 문제 없다고 하더니, 암 말기가 그렇게 느닷없단 말인가.

다시 병원을 찾아간 내게, 칠순을 넘겨 백발이 성성한 작가는 세 가지 부탁을 했다. 그분이 작가이고 내가 평론가이니 당연히 책에 관한, 그것도 조목조목의 당부였다. 그동안 많은 창작집을 내었으나 수필집을 한 번도 묶은 적이 없는데 한 권 정도 분량이 될 것이다, 여러 비평가와 연구자들이 쓴 김용성 연구도 한 권이 될 것이다, 그리고 1984년 이후 절판된《한국현대

문학사탐방》의 재발간이 마지막 소원이다, 라는 가슴 아픈 부탁이었다.

물리적으로 시간이 모자랐다. 책 세 권을 한꺼번에 내자면 출판사 섭외며 경비도 간단하지 않고, 함께 움직일 인력도 필요한데, 무엇보다도 생전에 한 권이라도 보여드릴 수 있도록 서둘러야 했다. 그분 아픈 문제는 의논할 틈도 없이 움직여서 속히 가편집된 책을 들고 찾아뵈려던 바로 전날, 부음을 들었다. 망연자실. 참으로 허망하기 짝이 없었다. 이름 있는 한 작가가, 그렇게 친숙하던 한 인간이 그토록 쉽게 유명을 달리할 수 있다니.

빈소와 영결식에서 흘리는 눈물은 산 자를 위한 것이었다. 추후 책 세 권을 완성하여 추모 출간기념회를 연다고 한들 그 또한 마찬가지다. 그런데 그분을 보내고 기억하는 자의 빈 터에 선 내게 두 가닥의 절실한 깨우침이 남았다. 하나는 '든 자리는 몰라도 난 자리는 안다'는 옛말이었다. 대학과 문단의 선배로서, 함께 가꾸던 양평 소나기마을의 촌장으로서, 그만한 명성과 인품과 기량을 가진 분의 부재에 나는 한동안 공황상태를 견뎌야 했다.

다른 하나는 '사람은 죽어서 이름을 남긴다'는, 역시 고색창연한 옛말이었다. 《잃은 자와 찾은 자》, 《리빠똥 장군》, 《도둑 일기》, 《기억의 가면》 등은 그분이 이 세상에 남긴 빛나는 문학적 업적의 이름들이다. 작가는 작품으로 말하고 작품으로 사후의 세계를 산다. 걸출한 소설들이 문학사의 징검다리로 살아 있는 한, 작가 또한 죽은 것이 아니다. 죽음 이후의 세계에 대한 답변을 내놓을 수 있을 때 비로소 종교가 그 의미를 갖는다는 측면에서, 작가에게 작품은 하나의 작은 종교에 해당한다.

일찍이 만해 한용운이 육당 최남선의 집 앞에서 친일의 길로 가버린 벗의 죽음을 통곡했는데, 육당은 집 안에서 그 울음소리를 들어야 했다. 살아 있어도 산 사람이 아니라는, 기막힌 힐난이었다. 작가 이병주는 〈그 테러리스트를 위한 만사輓詞〉라는 소설에서, 뜻 있는 테러는 살생이 아니라 이미 죽은 자를 죽이는 살사殺死라고 피력했다. 두 경우 모두 삶과 죽음의 경계를 올곧은 정신의 유무에서 찾았다. 작가로서 이 경계를 뛰어 넘는 비결은 오직 다음 세대에도 그 평가가 이어질 작품을 남겼느냐에 있다.

김용성의 《도둑일기》는 성장소설의 사회학을 보여준 보기 드문 수작이다. 어린 시절에 전란의 한가운데에 던져진 세 형제가 사업가·소설가·성직자로 성장하는 동안, 도둑질을 해서는 안 된다는 어머니의 유언과 도둑질을 해야 연명할 수 있는 현실 사이의 어지러운 외나무다리를 건너는 이야기이다. 맏이와 막내가 사업가와 성직자로 구분되고 둘째가 기록자인 소설가로 설정된 것은 매우 산뜻한 서사구조이다. 그리하여 세월이 흐르면서 생존을 위해서가 아니라 탐욕을 위해 도둑질을 계속하는 한국사회의 이면을 날카롭게 해부한다.

이 소설이 설득력과 효용성을 갖는 지점에, 작가 김용성은 부재하면서 존재하는 양가적 방식으로 면면히 살아있다. 중국의 방랑시인 두보가, '관을 덮고서 일이 정해진다丈夫蓋棺事始定'라고 시의 한 구절로 쓴 것은 이와 같은 생전의 성과가 사후의 명성을 결정한다는 말의 함축이다. 김용성 작가의 스승 황순원 선생도 평상시에 늘, '어떻게 죽을 것인가 하는 문제는 곧 어떻게 살 것인가 하는 문제다'라고 강조하곤 했다. 죽어도 살 수 있는 길, 그 길은 기실 우리 모두에게 공평하게 열려 있다.

박완서,
체험과 치유의
글쓰기

"문인들은 가난하니, 나 죽어서 찾아오는 분들을 잘 대접하고 조의금은 절대 받지 말라." 2011년 1월 22일 지병으로 세상을 떠난 작가 박완서 선생이 가족들에게 남긴 말이다. 불혹의 나이에 문단에 나와 꼭 40년간 현역으로 소설을 쓰고 작품 활동을 마감한 작가. 문학에 친숙한 이에게나 그렇지 않은 이에게나 어머니처럼 누나처럼 정겹고 풋풋한 정감을 남긴 작가.

'작가에게는 자신의 시대가 유일한 기회이며, 시대는 작가를 위해 만들어지고 작가는 시대를 위해 만들어진다'고 J. P. 사르트르는 말했다. 1931년 경기도 개풍군에서 태어나 일제강점기에 곤고한 어린 시절을 보내고, 성년기의 시작을 힘겨운 전쟁과 함께했으니, 한 작가를 위해 준비된 시대는 참으로 험난했다. 그런데 그 파란만장한 체험의 날들이 이윽고 한국문학의 돌올한 봉우리를 추동하는 힘이 되었으니, 중국 청대의 역사가인 조익의 말 '국가불행시인행國家不幸詩人幸'은 박완서 선생에게서 유익한 범례를 얻었다.

작가로서의 출발이 늦은 만큼 선생은 글쓰기의 방식이 원숙하고 따뜻했으며, 세상 물정을 판단하는 시각 또한 예리하고 깊었다. 주로 자전적이며 생활 주변의 이야기를 부드럽게 풀어 놓았으나, 그 문장은 '천의무봉天衣無縫'이라 불릴 만큼 감각적이면서도 정확했다. 더욱이 끝까지 지속적으로 붓을 들고 있었던 연유로 괴테나 황순원에게서 볼 수 있었던 노년의 문학 즉 노년에 이르도록 글을 쓴 작가에게서 발견되는 진중하고 뜻깊은 분위기의 문학이 가능했다.

선생의 문학 세계는 대체로 세 분야로 나누어 설명할 수 있다. 등단작인 《나목》이나 《그 많던 싱아는 누가 다 먹었을까》처럼 청소년기 이래로 혹독하게 겪은 역사적 현실을 소설화한 것이 그 첫 번째이다. 《휘청거리는 오후》나 《도시의 흉년》처럼 산업화 시대 소시민의 허위의식을 적출한 작품이 그 두 번째라면, 《미망》처럼 근대 이후 개성을 중심으로 한 사대부가와 기층민의 삶을 시대사적으로 다룬 경우가 그 세 번째이다. 이 모든 작품들에는 지난날의 상처를 따뜻하게 돌아보며 치유의 힘을 발양하는 인본주의가 깃들어 있다.

적잖은 사람들이 여성적 시각을 중심으로 하는 선생의 작품에서 페미니즘의 코드를 찾아내고 이를 강조하여 말한다. 그러나 그 페미니즘은 날카롭고 전투적인 것이 아니라, 여성의 눈이 가진 세미한 관찰력을 살린, 온유한 성격에 기초해 있다. 그와 같은 선명한 자기 빛깔, 자기만의 스토리텔링 유형은 작품의 내용 못지않게 그것을 담는 그릇으로서의 형식이 된다. 그 내용과 형식 양자를 거멀못처럼 동시에 붙들고서, 선생은 문학적 성취와 독자의 사랑을 함께 얻었다.

《실락원》의 저자 존 밀턴은 말년에 이르러 자신의 문학인생을 반추하면서, 험악한 시대를 깨어 있는 정신으로 살았다고 술회했다. 그 언표는 시대의 아들로 이 세상에 던져진 작가가 어떤 책임의식을 갖고 살아야 하는가에 대한 반증이 된다. 춘원 이광수가 끊임없이 '문사文士'로 자처하면서도 마침내 자신에게 부하된 시대의 의미를 감당하지 못했기에 우리는 근대문학의 아버지를 잃었다. 반면 박완서 선생은 무리한 욕심을 내지 않았고 그렇다고 완만한 걸음걸이로 나태하지도 않았다.

그는 자신의 방식으로 시대의 질문에 성실하게 대답했고 또 동시대인에게 완곡어법의 질문을 던졌다. 이제 우리는 박완서 없이, 다시 말해 근대 이래 역사의 상처를 잔잔한 호소력으로 풀어내는 현장 체험의 이야기꾼 없이 새로운 시대를 맞아야 한다. 인간의 위의威儀를 훼손하지 않고 아픔과 슬픔을 표현하는 법, 부끄러운 과거의 상처를 새 의욕으로 전화轉化하는 법을 가르친 작가는 우리 곁을 떠났다. 그 빈자리에 작가의 시대적 사회적 책임이 갖는 무게, 명료한 깨우침이 잔영처럼 남았다.

선생은 작품 세계가 그러했던 것처럼 실제의 생활에서도 정이 많고 온화했던 분이다. 박경리 선생이 타계했을 때 그토록 가슴 아파하며 인생이 무상함을 탄식하던 당신은, 이제 그 스스로 풍성하던 잎을 다 벗어버린 겨울나무로 돌아갔다. 우리 문학은 그리하여 기릴 만한 품성과 빼어난 문학을 함께 갖춘 보기 드문 작가를 잃은 것이다. 이 자리를 빌려 다시금 고인의 명복을 빈다.

예술적
허구의 힘

1980년대 초반, 아직 정정하시던 60대 후반의 작가 황순원 선생 댁에 제자와 문인들이 세배를 드리러 모였다. 대학원에서 한창 문예이론과 문학비평을 공부하던 필자는 동석한 어느 선배 문인에게 매우 무례한 질문을 던졌다. 이번에 출간된 그 신문 연재 장편은 단편을 확장한 것에, 다른 작품에 비해 문학성이 뒤떨어지니 차라리 쓰지 않는 것이 낫지 않았겠느냐고.

기실 모임의 분위기를 밝게 해보자는, 또 매우 가까운 분이라 어리광도 겸한 어투였으나, 지금 생각하면 뒷덜미가 서늘할 만큼 철없는 발설이었다. 동석한 다른 선배 한 분이 정색하고 반박했다. 한 책임 있는 작가가 작품을 쓰면 어떤 경우라도 그 나라의 문학적 성과에 기여하는 것 아니겠느냐는 것이었다. 그날 필자는 다른 사람의 작품에 대한 비판에는 칭찬보다 더 신중을 기하는 것이 옳다는 생각을 익혔다.

이 해묵은 삽화를 다시 들추어낸 이유는, 근자에 여러 논쟁을 유발한 심형래 감독의 영화 〈라스트 갓파더The Last Godfather〉를 변호하기 위해서이다. 이 작품이 영화사에 기록될 정도로 뛰어난 수준을 갖추었다고 평가하지는 않지만, 이를 두고 가게에서 파는 불량식품이라고까지 매도하는 것은 온당해 보이지 않는다. 영화는 가볍지만 따뜻한 코미디를 지향했고, 그러한 의도는 극장을 찾은 관객 숫자가 말해주듯 일정한 성공을 거두었다.

물론 심형래 감독에 대한 부정적 시각의 발원은 앞선 작품 〈디 워D-War〉에 있다. 그처럼 많은 제작비와 화려한 컴퓨터그래픽 기술을 동원하고도 국내외의 냉담한 반응에 직면할 수밖에 없었던 것은, 미성숙한 스토리텔링 탓이었다. 황당해 보이는 이야기일수록 그 형성 기반이 단단해야 한다는, 예술적 허구의 기본을 제대로 지키지 못한 대가를 톡톡히 치러야 했다.

그러나 한 번의 미비나 실패를 다음번의 사례에 그대로 적용하는 것은 자칫 비판을 위한 비판이기 쉽다. 이 당연한 이치를 각성하고 보면, 두 영화를 한 솥에 함께 삶을 수는 없다. 독설이 그 나름의 의미를 지니려면 상황을 압도할 만한 논거나 기지, 또는 표현력이 수반되어야 하는 법. 지금껏 많은 이들이 버나드 쇼를 희대의 독설가라 부르면서도 그의 언사들을 뜻 깊게 반추하는 것은 바로 그와 같은 까닭에서이다.

예술을 하는 사람이면 누구나 건강한 비판정신에 근거한 합리적 비난에 귀 기울일 준비를 하는 것이 옳다. 그런 점에서 지난해 연말 윤복희의 '여러분' 콘서트는 아쉬운 점이 많았다. 처음부터 가스펠 무대임을 강력하게 천명하든지, 아니면 예수의 십자가 고난을 제대로 된 스토리텔링으로 표현해야 했다. 그의 오랜 명성과 가창력을 다시 만나려는 관객들에게 잘 준비되지 않은 무대로 신앙적 감동을 요구하는 방식은, 마치 단순한 애국심에 호소한 심형래 감독의 앞선 영화처럼 생경하게 보였다.

역사소설이 역사가 아니라 소설인 것처럼, 종교예술도 종교가 아닌 예술이어야 제 이름에 값한다. 종교가 맨 얼굴을 내밀고 있으면 예술이 설 자리가 없다. 반면에 예술적 형식이 충일하면 종교는 곳곳에 그 입지를 얻는다. 윌리엄 와일러의 영화 〈벤허〉는 단 한 번도 예수의 얼굴을 보여주지 않으면서 그로 인해 오히려 사랑과 은혜의 감각을 한층 증폭시킬 수 있었다. 이 사례는 진정한 예술적 허구가 무엇이며 그것을 현현하는 스토리텔링의 의미와 기능이 무엇인가 하는 것을 보여준다.

어쩌면 잘 만들어진 허구 속에, 현실보다 더 박진감 있는 감응이 살아 있는지도 모른다. 작가 복거일은 장편소설 《비명碑銘을 찾아서》에서, 설득력 있는 가상의 세계를 축조하기 위해 그 밑바탕을 모두 핍진한 현실의 재료로 채웠다. 일제강점기가 아직도 계속되고 있다는 대체역사의 형식 실험은, 허구와 현실을 절묘하게 조합하는 스토리텔링을 통해 충분한 힘을 얻었다. 윤복희와 심형래의 미비는 바로 이 대목에 있었다.

그러고 보니, 이 글 서두에 적은 필자의 설익고 치기 어린 비판을 조용히 웃으며 바라보던 황순원 선생은 소설적 허구의 장인이었다. 말없이 말을 전하던 그 깊은 눈빛, 그날의 깨달음은 두고두고 내 삶에 경종이 되었다.

문학의
작은 거인

부싯돌에 잠들어 있던
내 사랑아!
푸른 사랑의 섬광
가슴에 지피고 불 속으로 날아가는
무정한 사랑아!

소용돌이치는 어둠에서
탄생한 유성이
지구 저편 하늘을 후려쳐
다른 세상을 열어도
태초의 땅에 뿌리 박혀 침묵하는

서슬 푸른 돌의 사랑아!

유성이 유성의 꼬리를 잘라
번갯불 빛나는 밤
은하 만년을 날아서라도 나는
네 얼굴을 보고 싶다

영롱한 빛 불꽃 가슴을 점화시켜 다오
비단벌레 날개빛 내 사랑아!

–최동호, 〈불꽃 비단벌레〉 전문

이 시는 시적 대상의 출처가 분명하게 밝혀져 있다. "경주 황남대총에서 1970년대 초 출토된 5세기 신라시대 유물 말안장 뒷가리개는 비단벌레 날개로 장식이 되었는데, 그 빛이 아름답기 그지없어 세계적으로 주목을 받았다"고 시인이 토를 달아 두었다. 시는 2009년 서정시학에서 발간된 동명의 시집 《불꽃 비단벌레》에 실렸다. 천년의 세월을 뛰어넘어 시인의 가슴에 충격을 가한 일개 문양의 의미는 무엇이며, 어찌하여 그것이 그렇게 시인을 감동하게 하는가.

시의 문면에서 그가 언표하는 '사랑'은 기실 장구한 시대의 흐름을 거스를 수 있는, 포괄적이고 우주적인 속성을 지닌 어떤 것이다. 시인은 그 눈에 보이지 않지만 분명히 실재하는 삶의 원리에 대해, 사랑이라는 이름 이외의 다른 호명법을 찾아내지 못한다. 이 사랑은 물질과 정신, 지상과 우주를 균질하게 감싸고 있는 유다른 차원의 세계인식에 연동되어 있다. 이 시인은 그런 사람이다. 전체를 투시하되 부분에 소홀하지 않고, 정신주의의 구극을 앞세우되 세상 정리情理의 사소함을 내치지 못하는 품성의 소유자다. 그것이 그의 시가 되고 시론이 되었을 때, 우리는 독특한 자기 빛깔과 객관적 균형성을 거멀못처럼 함께 끌어안은 한 인물을 목도한다.

최동호 선생! 참 익숙한 함자다. 돌이켜보면 언제나 존경의 대상이면서 동시에 극복해야 하는 과제인 그 이름과 더불어, 나는 30여 년을 살았다. 그는 강단에서 말로만 가르치는 교수가 아니었으며, 동시에 실용을 앞세워 원칙을 무시하는 일을 금기시하는 근본주의자였다. 〈불꽃 비단벌레〉에서 그가 보여준 문학의 역사성과 동시대성, 삶의 현장에 있어서 부드러운 포용과 예각적인 분석의 조화는 많은 이들에게 빛나는 사표師表였다. '그가 걸어온 삶의 각 단계에서 스스로 이룬 것들을, 그 연배에 이른 다른 이들이 하나라도 제대로 닮을 수 있다면!' 이는 나와 더불어 그를 잘 아는 한 문인 교수의 말이다.

최동호 선생을 처음 만났을 때, 나는 졸업을 앞둔 대학 4학년으로 언론사 입사를 준비하고 있었다. 우리 몇 사람이 그림자처럼 모시고 다니던 황순원 선생께, 교수 휴게실에서 정중하게 인사하고 지나가던 젊은 교수 한 분. 처음에 우리는 그가 교양일어를 강의하는 이모 씨인 줄 알았다. 그러다 4학년 2학기에 대학원으로 방향을 바꾸면서 지금은 우리 대학 문학이론 공부의 텃밭이 된 현대문학연구회를 시작했는데, 선생은 기꺼이 모임의 지도를 맡아 공부에 있어서 열정과 끈기와 창의가 무엇인가를 온몸으로 가르쳤다. 돌이켜보면 그렇다. 선생이 아니었더라면, 오늘날 홍융한 경희대학교의 문학연구와 비평의 성과는 무망한 노릇이었을 것이 분명하다.

경희대학교에서 7년을 재직하는 동안, 선생은 숱한 우수한 제자들을 양육했다. 참으로 이상하게도 그 무렵의 학부와 대학원에는 한국 문단의 '별'들이 넘쳤다. 그리고 선생은 한국문단의 대표적 시론가로 그 명성을 높였고, 나중에는 새로운 양식의 서정시를 산출하는 시인으로 그 영역을 넓혔다. 이 모두는 선생과 그 제자들이 함께 누린 선연善緣의 선과善果였다. 제자들이 할 언사는 아니지만 옛말에 외손바닥 소리나지 않는다고 하지 않던가. 한 사람의 스승이 얼마나 많은 선한 영향력을 미칠 수 있는가를 증명한 명약관화한 사례가 곧 최동호 선생이다.

언젠가, 아마도 선생의 회갑 무렵에 선생은 모든 번잡한 행사를 사양하고 시집 한 권 상재를 축하하는 조촐한 자리만을 허락했다. 축하의 말씀을 드리는 순서에 이르러, 나는 역사상의 '작은 거인' 몇 사람을 예거했다. 나폴레옹, 등소평, 홍선 대원군 이하응, 그리고 최동호! 외양은 소박하지만 마음으로는 화려했던 거기의 참석자들은, '꽃보다 최동호!'를 연호하며 선생의 복된 앞날을 기렸다. 여기 다시 한번 평소의 존경과 감사를 다하여 바라기로는, 선생의 내일이 더욱 노익장하고 역부강하여 언제나 굳건한 예인등대의 불빛, '불꽃 비단벌레'의 문양 같았으면 한다.

문화와 인문학의 뜰

- 하동과 창원의 문화분권 실험
- 내일 소녀네가 양평읍으로 이사 간다는 것이었다
- 인문학은 돈이 될 수 있는가
- 투사와 시인
- 다시 인문학의 길을 묻다
- 목후이관들에 대한 반역
- 시대를 넘어서는 시
- 고성 '동화나무의 숲'
- 미에 신이 있느니라
- 다시 감수성의 혁명을

하동과 창원의
문화분권 실험

산과 강, 바다가 아름답게 어우러진 곳을 삼포지향三包之鄕이라고 부른다. 그 대표적인 고장이 경남 하동이다. 지리산과 섬진강, 다도해가 무슨 장날에 만난 것처럼 얼굴을 한데 모은 자리인 까닭이다. 그 하동이 2009년 스스로를 '문학 수도'라 명명하고 공식적인 선포식 행사를 열었다. 물론 더 중요한 것은 그 이후의 행보이다. 해마다 '토지문학제'와 '이병주국제문학제'를 비롯한 풍성한 문학 행사들이 이곳에서 열린다.

박경리 소설 《토지》의 무대이자, 이병주의 《지리산》의 배경이며, 김동리의 〈역마〉 문학비가 서 있는 곳. 시인 정공채와 정호승, 작가 김병총과 수필가 강석호 등이 하동을 출생지로 한다. 그러니 서부 경남의 한적한 고장에서 새롭고도 의욕적인 지자체의 트랜드로 '문학 수도'를 내세울 만하다. 단순히 전시성이 앞서는 문화 행사로 그치지 아니하고 지역 주민들의 공감대와 문화적 자긍심을 이끌어낼 수 있다면 그 거창한 구호가 전혀 어색하지 않게 들릴 터이다.

재미있는 것은 문화적 전이 현상이 그 인근 지역으로 확산되었다는 점이다. 경남 창원 역시 2011년 스스로 '아동문학 수도'라고 선언했다. 창원은 원래의 창원과 마산 및 진해가 통합되어 메머드 지자체가 된 곳이다. 확장된 역량을 바탕으로 이원수의 〈고향의 봄〉을 모태로 하여, 아동문학의 의미와 지역적 비전을 결합하려 시도했다. 그동안 창원에서는 '세계아동문학축전'과 '창원아동문학상'이 운영되고 있고, '세계아동문학대회'도 열렸다.

이와 같은 문화적 분권, 비록 용어의 개념에 있어서일망정 수도를 나누는 현상을 어떻게 받아들여야 할까. 여기에는 동시대를 살면서 세상을 다원주의적 시각으로 바라보는, 다양성의 미덕이 잠복해 있다. 과거 중앙집권의 시대에서는 꿈꿀 수 없었던 문화 유형이, 논의의 차원에서가 아니라 실행의 차원에서 전개될 수 있다. 그런 만큼 이 일을 담당하는 사람들은 정말 슬기롭게, 이름이 앞서지 않고 실질적 성과가 담보되는 지역 축제로 이끌어 가야 한다.

지역 주민들이 이를 문화적 향유로 감각할 수 있도록, 그리고 그 문화권 밖에 있는 사람들도 그곳에서 발양되는 교훈과 즐거움을 공유할 수 있도록. 이 다양성의 성과를 거울삼아, 매일같이 중앙의 중앙이라는 서울의 여의도에 모여 싸움박질만 일삼는 '고급 룸펜'들이 반성할 수 있도록 말이다. 필자는 하동 이병주국제문학제에서 그 타산지석이 될 만한 논리 하나를 발견했다.

작가 이병주. 1921년에 출생하여 1992년에 타계했다. 일제강점기에 동경 유학생, 일본군 학병을 거쳐 언론사의 주필을 지냈고, 필화사건으로 감옥생활을 한 다음 작가의 길을 걸었다. 그는 평생 80여 권의 소설을 남겼고 생전에는 한국에서 가장 많은 독자를 거느린 작가였다. 특히 《관부연락선》을 비롯한 역사를 소재로 한 작품들은 한국문학사에 돌올한 봉우리를 형성했다.

광복 전후사를 소설로 쓴 《산하》《소설 남로당》 같은 작품들 속에서, 그는 남북 이데올로기 문제를 정치적 의견의 편향 없이 다루면서 정확하고 객관적인 정치토론의 장을 열었다. 생명을 건 이념의 극단적인 대립 속에서도 대화와 의견 조정이 가능하다는 것을 보여준 하나의 범례다. 오늘날 그보다 훨씬 가벼워 보이는 문제들 앞에서 자기 이익을 앞세워 사생결단을 하는 한국의 정치인들이, 이를 통해 다시 학습할 기회를 얻었으면 좋겠다.

지방 문화 축제 가운데는, 그 다양성의 즐거움은 물론, 배움의 계기들이 흙 속에 묻힌 옥돌처럼 숨어 있다. 이러한 경우라면, 의미가 분화된 여러 형식의 '수도'가 전국 방방곡곡 어디에서 선포된들 무슨 상관이겠는가. 언어적 명목의 분권이 실제적 사용 가치의 확대로 이어지는 일이라면, 오히려 더 권장해야 할 것이다.

내일 소녀네가
양평읍으로
이사 간다는 것이었다

한국의 수십 개 문학관 가운데 가장 많은 유료 관람객이 찾아오는 곳은 봉평의 이효석 문학관이었다. 2012년 기준 연간 6만~8만 명이 관람한다고 하니, 대단한 숫자가 아닐 수 없다. 대개의 문학관은 하루 수십 명의 방문도 쉬운 일이 아니기 때문이다. 이효석 문학관에는 그럴 만한 전제 조건이 있다.

우리 사회의 문화적 수준이 성숙하면서, 과거처럼 아이들을 데리고 여행을 떠나 맛있는 음식을 사주곤 하던 관습은 어느새 낡은 풍경이 되었다. 이제는 어디를 가든 교훈이 될 만한 체험이 동반되어야 하고 학교에서도 그것을 요구하는 교과 과정을 수립하고 있다. 봉평은 그 주변이 모두 리조트와 콘도미니엄이라 자연스럽게 사람이 모일 수 있는 입지를 갖추었다. 게다가 메밀꽃 철마다 여는 '이효석 문학제'가 견인차의 역할을 한다.

그런데 이 놀라운 기록을 넘어서는 새로운 문학관이 수면 위로 떠올랐다. 양평의 황순원문학촌 '소나기마을'이다. 2012년

이 곳의 유료 관람객은 10만 명에 이르렀고, 개관 5년 만에 13만 명을 넘어섰으니 미상불 한국 최고의 숫자이다. 이효석 문학관이 자리를 잡는 데 10여 년이 걸렸다는데, 소나기마을은 문을 연 지 불과 5년 만에 이와 같은 성과를 거두었다.

물론 여기에도 그럴 만한 이유가 있다. 우선, 소나기마을은 수도권에서의 접근성이 뛰어나다. 서울 외곽에서 30분이면 도착할 수 있다. 양수리에서 북한강변을 끼고 문호리 쪽으로 향하다가 오른쪽 산자락 길로 들어서면 얼마 안가서 그 입구를 만날 수 있다. 멀리 보이는 문학관 지붕이 수숫단 모형의 원추형으로 솟아 있고 주변 숲과 시내의 경관이 소년 소녀가 놀던 곳처럼 아기자기하면서도 수려하다.

이제 어른이 된 사람, 아직 학생으로 있는 청소년들 모두 〈소나기〉라는 소설을 알고 있다. 특히 어른 세대에게 이 순후하고 서정적이며 깔끔하게 절제된 단편소설은, 어린 시절 첫사랑의 무지개를 동반한 꿈의 근원으로 기억된다. 그 아련한 추억이 너무도 소중해서, 때로는 험한 세파에 시달리며 살아온 자신에 대한 연민으로, 양평 가도에서 소나기마을 안내 표지판을 보면 자신도 모르게 핸들을 꺾게 된다는 것이다.

이와 같은 청순한 이미지나 관람객의 자발적 정서는, 소나기마을을 국내 최대의 문학 테마파크가 되도록 하는 강력한 동인임에 틀림 없다. 하지만 그것은 외형적으로 눈에 보이는 요소

일 뿐 더 중요한 모티브는 문학촌 내부에 있다. 한 번 방문한 사람이 다시 찾아오고 또 지인들에게 방문을 권유하는 입소문이 없고는 그만한 숫자를 채우기 어렵다. 더욱이 양평은 봉평과 달리 숙박형이 아닌, 경유형의 방문지라는 취약점이 있다.

소나기마을을 계획한 양평군과 황순원 선생이 23년 6개월 동안 재직했던 경희대학교의 제자들은 3년 간의 콘텐츠 연구와 다시 3년 간의 시공 기간을 거쳐 6년 만에 이 문학관과 문학공원을 지었다. 문학관을 통해 작가 황순원의 육필 원고와 유품 등을 전시하고 작품세계를 한눈에 볼 수 있도록 배열하면서, 어른 아이 모두가 황순원 문학에 근접하여 체험할 수 있도록 새로운 애니메이션이나 작가에게 편지 쓰기 등 여러 방식으로 손에 잡히는 체험을 매설했다. 1만 7천여 평의 야산 산책로에는 작품세계를 형용한 조형물들을 설치했다.

〈소나기〉 속 딱 한 줄, '내일 소녀네가 양평읍으로 이사간다는 것이었다'는 문장에 의지하여 세워진 이 문학촌은, 그야말로 창의적이고 참신한 아이디어의 산물이었다. 좋은 생각이 생산적인 결과를 약속하는 하나의 범례가 거기 있다. 그러나 정작 중요한 것은 그러한 교훈적 언사가 아닐 터이다. 어느 한 사람이라도 작가의 마을을 찾아 마음의 안식을 얻고 조금이라도 어린 날의 순수를 회복할 수 있는, 진정한 의미의 쉼터가 된다면 그 소중한 가치는 오랫동안 지켜질 것이다.

인문학은 돈이 될 수 있는가

윈스턴 처칠이 세계를 향하여 방송을 하려던 날이었다. 처칠은 런던 웨스트엔드에서 택시를 잡은 다음 BBC방송국까지 가자고 했다.

"미안하지만 다른 차를 이용해 주십시오. 저는 그렇게 멀리까지 갈 수 없습니다."

운전기사가 정중하게 거절했다.

"아니, 어째서요?"

처칠이 다급하게 반문했다.

"보통 때라면 좋습니다만, 한 시간 후에 처칠 경 방송이 있기 때문에 그것을 꼭 들어야 합니다."

참으로 기분 좋은 대답이었다. 처칠은 얼른 지갑을 열고 1파운드를 주었다. 기사가 얼핏 그 지폐를 보고 말했다.

"에이, 그냥 타세요. 처칠인지 뭔지보다 돈부터 벌고 봐야겠소."

알베르트 아인슈타인은 돈에 대해 철저하게 무관심했다. 어느 날 그가 미국의 석유재벌 록펠러재단으로부터 1천 5백 달러짜리 수표를 받았다. 책을 보다가 그 수표를 책갈피에 넣어 두었는데, 얼마 후에 보니까 수표는 물론 책도 누가 가져가버렸다. 아인슈타인은 이렇게 중얼거렸다.

"돈이 좋긴 좋은 모양이지? 책까지 돈을 보고 따라 갔으니……."

이 두 예화를 통해 우리는 돈을 대하는 정반대의 반응을 나타내는 두 인격의 모습을 볼 수 있다. 두 사람 가운데 누가 더 행복한가라는 물음이 제기된다면, 많은 이들이 후자라고 교과서적인 대답을 할 것이다. 하지만 정작 대답을 하는 당사자가 그 현장에 서게 된다면, 이성적인 판단과 감정적인 욕구가 쉽사리 조화롭게 통제될 수 있을까? 세상의 보편적인 척도로 보면, 돈의 위력은 막강하고 우리의 절제는 미약하기 그지없다.

돈의 속성과 운용을 보다 직접적으로 다루는 학문이 경제학이라면, 그 대척점에 서 있는 것이 인문학이다. 그런데 오늘날과 같은 물질만능주의 시대에 지속적으로, 또 동시다발적으로 인문학의 중요성이 강조되는 것은 무엇 때문일까? 기업은 인문학 전공자의 채용을 늘리고 대학은 인문 교양교육을 강화하고 있으며, 심지어 인문학이 대세라는 말까지 심심찮게 나오고 있다.

논리적으로나 현실적으로 일반화되어 있던 개념의 역전현상이 일어나고 그것이 스스로 길을 찾아 흘러가면, 이를 시대정신Zeitgeist, 곧 '대세'라 부른다. 인문학은 가난하고 춥고 배고프다는 인식이 불식되고 사회적 생산력으로 전환될 수 있다고 보면, 대세라는 용어의 등장이 무리하지 않다. 인문학 대세론을 수긍하자면, 이 영역이 가진 인간중심주의나 창의력이나 다양성의 미덕 등에 눈을 두어야 옳다. 하지만 사람들은 늘 이렇게 묻는다. 인문학은 돈이 될 수 있는가?

이 명제에 대한 답안은 천태만상으로 작성될 수 있고, 이미 수많은 모범답안이 나와 있다. 하지만 어떤 답안도 침범할 수 없는 원론이 있다면, 인문학이 많은 돈을 만들 수 있는 시대에 이르렀으나 돈이 인문학을 더 고급스럽게 만들기는 어렵다는 정의이다. 고급하지 않으면 외형을 키우기 어렵고 오래가지도 못한다. 돈으로 인문학의 발흥을 견인하고 후원하는 여러 모양의 시스템을 개발할 수 있다 할지라도, 이는 본래의 정신을 훼손하지 않는 일종의 '경각심'을 동반해야 한다.

그래서 좋은 생각을 금방 내던져버리는 운전기사가 아니라 답답하고 세상 물정 모르는 아인슈타인이 더 소중한 것이다. 만약 그가 돈에 눈을 뜬 사람이었다면, 물리학 역사를 바꾼 상대성이론은 없었을지도 모른다. 참으로 기대할 만한 점은, 그렇게 배금주의의 올무를 벗어난 인문적 삶의 방식이나 창의적 상상력으로 돈을 벌 수 있는 시대를 우리가 살고 있다는 사실이다. 적은 돈을 버는 사람은 '태도'가 다르지만 큰돈을 버는 사람은 '생각'이 다르다고 하지 않던가. 인문학, 그것도 제대로 된 인문학은 돈이 되는 숨겨진 길이다.

투사와 시인

엄동의 겨울을 밀어내고 마른 나무 가지에 파릇파릇 새 움이 돋는 봄날이 오고 있다. 지난날의 혹한을 떠올리면 문득 기척도 없이 다가서는 시 한 수.

이 몸이 죽어 가서 무엇이 될고 하니
봉래산 제일봉에 낙락장송 되었다가
백설이 만건곤할 제 독야청청하리라

익히 알려진 성삼문의 옥중시이다. 그는 세조의 권세와 위협에 굴하지 않고 목숨을 던져 절조를 지켰다. 유학의 정명주의를 그 정신으로 확립하고 몸으로 체현한 하나의 전범, 그렇기에 이 시조에는 '투사 성삼문'의 면모가 약여하다.

시조 중의 봉래산은 금강산의 별칭이다. 봄에는 금강산, 여름에는 봉래산, 가을에는 풍악산, 겨울에는 개골산. 이를 따라서 금강산을 운행하던 유람선의 이름을 금강호, 봉래호, 풍악호라 붙였고 다만 겨울의 바위산을 뜻하는 개골皆骨의 경우는 그 어감 때문에 설봉호로 했다고 들었다.

그러면 다음의 오언절구 한 수를 더 읽어 보자.

격고최인명 擊鼓催人命
서풍일욕사 西風日欲斜
황천무객점 黃泉無客店
금야숙수가 今夜宿誰家

북소리 내 목숨을 재촉하는데
서녘 바람 지는 해가 기울어 가네
황천으로 가는 길에 주막 하나 없다는데
오늘 밤은 어디서 잠을 이룰고

이는 성삼문이 형장의 이슬로 사라지던 순간에 남긴, 절명사絶命詞 또는 임사부절명시臨死賦絶命詩라 부르는 한시의 명편이다.

그대여, 여기서 잠시 생각에 잠겨보라. 이 이름 있는 한시 가운데서 앞서의 시조에서 보았던 '투사 성삼문'을 발견할 수 있는가? 그는 어느 결에 사라지고, 이 처연하고 숨막히는 감회에 넘치는 시의 문면에는 '시인 성삼문'만 남아 있을 뿐이다.

바로 이 지점, 이 대목에 주목할 필요가 있다. 시인 성삼문이 있고서야 투사 성삼문이 가능하리라는 인문적 사고와 정신주의의 개가凱歌 말이다. 우주와 세계를 바라보는 시각이 명료한 결론에 도달했다면, 삶의 태도와 행위는 이미 결정된 바와 마찬가지다. 거의 모든 경우 기능과 방법은 사고와 인식의 결과이기 때문이다.

시인 성삼문의 유교적 세계관은 어느 순간 급작스럽게 만들어진 것이 아니며, 그것이 갖는 자기 체계의 지속성 아래에서 투사 성삼문은 그 부분집합에 해당한다. 곧 이 경우의 시인은 대개 투사일 수 있으되, 투사가 모두 시인이기는 어렵다는 뜻이다.

이와 아주 유사한 사례를, 오늘날의 원로 시인 김지하에게서 목도할 수 있다. 〈황토〉와 〈오적〉의 투사 김지하는, 세월의 굴곡을 넘어 어느덧 〈애린〉과 〈별밭을 우르러며〉의 시인으로 치환되었다. 그의 근본적 바탕에 잠복해 있는 시인이 전반기의 그를 현상적 외형의 투사로 이끌었으리라는 것이다.

참으로 감당하기 벅찬 상대는, 현실적인 어려움이나 단기 목표에 시선을 두지 않고 성삼문이 가졌던 그 확신에 명운을 거는 사람이다. 이 시인으로서의 수순이 제대로 작동된다면 투사가 되는 일은 매우 손쉽다. 우리가 함께 형성하고 있는 공동체의 미래에 푸른 등불을 내거는 방식도 여기에서 크게 다르지 않다.

우리가 사는 세상이 점점 무서워지고 있다. 살기가 팍팍해

서인지 사람들의 마음은 각박하기 그지없고 때로는 기본적인 도덕률조차 지키지 않는다. 건전한 상식과 균형 있는 교양, 다른 사람에 대한 배려나 올곧은 판단력 같은 미덕을 찾아보기 어렵다. 이와 같은 사정은 '지성의 전당'이라 호명되는 대학 사회에서도 매한가지다.

그래서 다시 한 번 돌이켜본다. 내 속에, 우리 속에, 숨은 보화처럼 잠복해 있어야 할 '참한 시인'은 어디로 갔는가. 모두가 '열혈의 투사'처럼 서슬이 시퍼런 몸짓으로 일관하는 이 세상은 대체 어디로 갈 것인가.

이러한 삶의 역학 구조를 인식하지 못하면 너 나 없이 오만해진다. 좀 더 알면 질문하고 더 많이 알면 기도한다고 했던가. 우리 속에, 우리 사회 가운데 어딘가 피폐한 영혼으로 숨어 있는 '시인'을 깨우기 위해 간절한 마음으로 기도하고 싶은 오늘이다.

다시 인문학의 길을 묻다

일제 강점기인 1931년 북녘 땅 경기도 개풍에서 태어나 개화 세대의 질곡을 온몸으로 겪었다. 1950년 서울대 국어국문과에 입학했으나 한국전쟁으로 중퇴한 뒤 졸업장을 받지 못했다. 1970년 40세의 늦깎이로 등단하여 데뷔작 《나목》을 비롯한 많은 작품을 남겼다. 뼈아픈 전란의 경험과 아들을 먼저 보내는 참척을 당하는 등 온갖 간난신고 가운데서도 인생의 말년인 80세까지 소설을 썼다. 우리 모두가 아끼고 사랑하던 작가 박완서 선생의 이야기다.

거친 삶의 체험이 있다고 해서 누구나 소설을 쓰는 것이 아니고, 설혹 쓴다 해도, 누구나 소설을 통해 결이 고운 인간애를 보여주는 것이 아니다. 박완서 선생의 품성이기에 가능했던 대목이 있다. 그 체험의 신산함에 비추어 볼 때, 아마도 선생이 소설을 쓰지 않았더라면 우울증이나 강박신경증을 벗어나기 어려웠을지도 모른다. 하지만 언제나 해맑은 미소가 대언하는 소녀

같은 마음으로, 선생은 큰 문학상을 받거나 과외의 수입이 생길 때마다 이를 사회단체에 기부하곤 했다.

별세한 후에는 고인의 유지로 유산 13억 원을 모교에 기부했다. 모교에서는 '박완서 기금 연구 펠로우'를 만들어, 국내 대학의 모든 신진 인문학 연구자들에게 지원을 개방하기로 했다. 매년 1명을 선정, 연 3천만 원의 연구비를 주기로 한 것은 문학상을 만들어 상금을 주는 것보다 훨씬 더 뜻이 깊어 보인다. 국내에 문학상은 세계적 수준으로 많으나, 인문학 지원은 그에 훨씬 못 미치기 때문이다. 거기에는 인문정신을 삶의 근간으로 삼았던 작가의 시각이 배어 있기도 하다.

21세기 들어 '인문학의 위기'라는 말이 공공연히 많은 사람들의 입에 회자되고, 시대의 흐름으로 보아 이를 치유할 방략이 마련되기 어렵다는 분위기였다. 문자문화 활자매체가 급격히 영상문화 전자매체로 대치되면서, 사람들이 책을 읽지 않을 뿐 아니라 종이신문도 온전히 설 자리를 찾기 어렵게 될 것이라고 했다. 사실 그렇다. 그와 같은 우울한 전망은 지금도 여전히 설득력이 있다. 그런데 인문학 스스로 낡은 전통의 겉옷을 벗어버리고 다시 탐색할 새로운 길이 없는 것도 아니다.

모든 학문이 다 그러하지만, 인문학은 지식의 축적과 정보의 소통에 의존하는 분야이다. 특히 앞으로의 세대에 있어서는 정확하고 순발력 있는 정보의 확보가 생명력을 강화하는 관건이 될 터이다. 종이책과 전자책을 골품제의 성골과 육두품처럼 구분하지 않고, 오히려 앞서서 그 전방지점을 탐색해 나간다면 얘기는 달라질 것이다. 인문학의 응용에 있어서도, 사람들을 가르치기만 하던 수직적 관계로부터 사람들과 함께 공감하고 즐거워하는 수평적 관계로 바꿔 볼 수 있다.

기실 여기에는 만만찮은 인식과 태도의 변화가 요구된다. 작가와 독자, 지식 창출자와 수용자, 문화 생산자와 소비자의 위상이 서로 교차될 수 있다는 사고의 전환이 필요하다. 주체와 타자의 고정된 좌표에 관해 오랫동안 형성된 고정관념을 과감히 뛰어 넘는 용기가 수반되어야 한다. 그러한 점에서 국내의 한 대학이 노숙인과 일반 시민들을 대상으로 실천인문학 강좌를 열고, 또 '후마니타스 칼리지'란 이름으로 인문학 위주의 전문 교양강의들을 개설하여 대학교육을 개혁한 것은 참으로 주목할 만한 일이다.

지식의 상아탑이라 불리는 대학이 국내외 언론사들의 물리적 순위 평가 등에 휘둘리지 않고, 독자적인 교육과 실천의 방안을 찾아 나가는 것이 중요한 시기이다. 오래되어 익숙한 자기방어적 인문학이 아니라, 사회현실과 융합하고 통섭하며 전방위적 문화 소통이 가능한 인문학으로 눈을 돌려야 할 때다. 위기의 인문학을 창의적인 인문학으로, 고사 지경에 내몰려 거리의 부랑아가 될 수도 있는 인문학을 인류 미래의 선도자로 끌어

올리는 일이다.

근대 서구의 인문주의는 르네상스기 이탈리아에서 일어나 유럽과 세계로 확대되었으며, 그 바탕에 있는 고전적 이상으로 현세적 인간성을 앙양하는 것이 목표였다. 장구한 역사를 가진 이 정신운동의 핵심은 언제나 '인간'이었고, 이는 동양 문화권에서도 마찬가지다. 왜, 화향花香 백리, 주향酒香 천리, 인향人香 만리라고 하지 않던가. 박완서 선생이 자기 생애의 교훈과 남긴 유산을 쾌척하면서 새롭게 살려내기를 요청한, 인간이 살아 있는 새로운 문화연구로서의 인문학도 바로 그 연장선상에 있다.

목후이관들에 대한 반역

문학은 늘 사소하고 무언가 모자라며, 수시로 갈팡질팡하거나 넌지시 도매금으로 넘어가려 할 때가 많다. 세상사 모든 데에 정확한 금을 놓아 셈하기를 원하는 이에게, 문학은 허황되고 못 믿을 품성을 지닌 자의 전유물이다. 그런데 어찌하겠는가, 그 불확실성의 자식인 문학에 명운을 걸고 문학으로부터 받은 소명에 일생을 투척하는 철부지들이 목전에 즐비한 사태를 어찌하겠는가 말이다.

뿐만 아니다. 가만히 귀를 기울여 들어 보면 그 문학의 눈먼 주장이 세상살이의 연륜이 깊어질수록, 각박하게 보낸 어려운 날들의 교훈이 은연중에 가슴을 압박할수록, 그다지 틀린 언사가 아니라는 속살거림이 자분자분하다. 그래서 문득 그간의 이로理路 정연한 쟁론을 던져 버리고 문학 쪽에 손을 드는 이들이 발생하는 것이다.

그런 연유로 문학은 봄날처럼 젊은 날의 꿈이기보다는, 쓸

쓸한 가을빛의 조명 아래 더욱 그 열매가 잘 영그는 운명적 존재 양식에 입각해 있다. 그렇게 아프고 슬프고 외로운, 그러나 끝까지 판도라의 상자 맨 밑바닥에 남은 소망처럼 꺼지지 않는 불꽃이 곧 문학의 다른 이름이겠다.

–산문집 《오독》 중 〈영혼의 숨은 보화〉 부분

며칠 사이 나는 '반면교사反面教師'로 삼을 두 인물을 만났다. '타산지석他山之石'은 다른 사람의 사례를 따라 배우는 것이지만, 반면교사는 저래서는 안 되겠다는 교훈을 거꾸로 얻는 것이다.

한 사람은 어느 지방자치체의 문화재단 책임을 맡고 있는데, 다른 사람의 의견에는 전혀 귀 기울이지 않고 자기주장의 강변으로 대화 상대방을 힘들게 하는 이였다. 다른 한 사람은 어느 큰 대학의 교육 행정을 맡고 있는데, 상황의 근본에 대한 고려 없이 무성의 또는 무례를 자랑처럼 내세우는 이였다.

두 사람 다 문화나 교육과 같이 참으로 소중한 정신적 영역의 중책을 맡고 있으나, 균형 잡힌 인격은 고사하고 건전한 상식의 기본조차 갖추지 못했다는 느낌을 지울 수 없었다. 그런데 어찌하겠는가. 그러한 사람들이 버젓이 행세하며, 마치 '목욕한 원숭이가 의관을 정제하고 나들이沐猴而冠'하는 것처럼 그 지위와 권력을 누리고 있는 것을.

이들의 공통된 특징은, 한결같이 남의 말은 귀담아 듣지 않는 데에 있다. 그러할수록 허세를 과장하고 올곧은 사람에게 적의를 품기 마련이다. 이들과 다투기 시작하면 함께 진흙밭에 나뒹구는 수밖에 없다. 그러할 때 내게는 참으로 좋은 대항의 수단이 있다. 그가 완강할 때 온건한 것으로, 그가 외형이나 물량을 말할 때 내면과 정신의 길로 가는 것이다.

이는 궁극에 있어서는 그것이 이기는 길인 줄 아는 까닭이다. 그것이 곧 내 문학이다. 혹시 세상사에 지쳐 힘들고 억울한 이가 있다면 이 길에 동참해보기를 원한다. 조선조 초기를 극한의 정신으로 살았던 매월당 김시습은, 이 경우의 극단적인 범례이다. 우리가 매월당이 되기는 어려워도 '매월당적'이나 '매월당 식'이 될 수 있다면, 그가 남긴 시문詩文들이 지금 세상에서도 값있는 길잡이가 될 수 있을 것이다.

시대를 넘어서는 시

한 시인의 시집이 발간된 지 열흘 만에 교보문고 온라인 집계에서 종합 베스트셀러 2위에 올랐다. 문학 분야만의 집계도 아니고 또 시집이 특별히 주목받기도 어려운 시대의 일이다. 류시화의 제3시집 《나의 상처는 돌 너의 상처는 꽃》이 그 화제의 대상이다. 기실 그의 제1시집 《그대가 곁에 있어도 나는 그대가 그립다》나 제2시집 《외눈박이 물고기의 사랑》도 모두 판매부수 1백만 부를 가볍게 넘긴, 독자들에게 큰 사랑을 받은 시집들이었다.

문단에 나온 지 32년 만에 겨우 세 번째 시집을 내는 과작의 시인이, 이렇게 주목을 받는 현상은 대체 무엇을 뜻할까? 매달 수십 권의 시집이 묶여 나오는 시대에, 유독 그가 자신의 시집 출간에 인색한 이유는 또 무엇일까?

류시화는 시인이자 번역가이다. 시집은 세 권이지만, 그가 번역한 외서는 1백 권을 훨씬 넘는다. 그 가운데는 초기의 《성자가 된 청소부》에서부터 최근의 《인생수업》까지, 1백만 부를 넘긴 책이 여러 권이다. 그는 인도어·영어·일본어에 두루 통한다. 《한 줄도 너무 길다》와 같은 하이쿠 시집 번역은, 한일 간의 서로 다른 문화를 언어의 핵심을 통해 이어주는 뛰어난 성과를 보여준다.

그는 출판시장의 동향과 독자들의 수용, 그 교통을 통찰하는 귀재를 지녔다. 출판에 직접 관여하면서, 책을 디자인하는 팀을 따로 운영할 만큼 전문성을 중시한다. 시집이든 번역서든 그의 이름과 함께 서점에 나간 책은 판매가 보증된 것과 마찬가지여서, 언제나 진열대 맨 앞쪽에 놓인다. 그가 출판계에서 '미다스의 손'으로 불리는 이유다. 그는 이 호칭을 달가워하지 않는다. 그 스스로 육신이나 정신, 명성이 아니라 작품성에 승부를 건 사람이기 때문이다.

류시화는 자신의 시 한 편을 완성하기까지 수백 번을 외우며 고친다. 시가 써진다고 다 시로서 살려두지 않으며, 모양을 갖추었다고 다 시집에 싣지 않는다. 그러니 자연히 과작일 수밖에. 그는 이번 시집에 실린 시 56편을 위해, 이미 수백 편의 시를 버린 잔인(?)한 사람이다. 또한 그는 불필요한 곳에 시간을 쓰지 않는다. 언론이나 문예지 인터뷰를 하지 않는 습관도, 그것이 글을 쓰는 일의 본질과 별반 상관이 없다는 생각에서일 것이다.

정작 중요한 사실은, 이와 같은 호사가적 관심이 아니다. 문제는 이번에 낸 새 시집의 문면에 있다. 놀라운 시집이다. 제목이나 본문에 시어로 사용된 말들이 과거에 비해 한결 쉬워졌으나, 한 줄 한 줄이 거의 격언의 수준이다. 인도의 명상에 심취하여 라즈니쉬의 제자가 된 그를 사람들은 '도사'라 부르기도 한다. 하지만 그가 관찰한 세상사의 풍광과 구도자의 눈길은, 진중한 표현의 빛깔로 그의 시에서 되살아났다.

사유의 심층을 잘 갈무리한 언어의 균형감각, 그것이 환기하는 맑고 값있는 정신에 류시화 시의 근본이 있다. 당대의 언중言衆이 쉽게 이해할 수 없는 언어로 치장된 시는 시대의 장벽을 넘지 못한다. 숱한 방황과 자기 성찰로 점철된 삶, 그렇게 삶 속에 용해되고 체득된 언어들이 아니고서는 이러한 경지에 도달하지 못한다. 그의 시는 우리 문학사에서 그 친족관계를 찾기 어려우나, 문학의 세계적 보편성을 감지하고 그 중심을 예리하게 관통한다.

문학평론가로서 필자가 본 류시화의 시는 인식의 넓이와 깊이가 세계문학사에 기록된 명시들의 반열에 비추어 미흡하지 않다. 쉬우면서도 심오한 사상성을 갖춘 시는 결코 흔하지 않으며 하루아침에 가능하지도 않은 것이다. 그동안 우리의 시들은 이 양자를 함께 수용하는 데 힘겨웠다. 한국에서 노벨문학상 수상이 가능하자면, 바로 이렇게 시대를 넘어선 류시화의 경우가 해당되지 않을까. 바람에 날리는 헛된 이름이 아니라 작품의 수준이 앞서고, 그것이 글로벌 시대의 보편성과 소통의 기능을 갖춘 글쓰기의 성과 말이다.

우주의 허공에 뜻을 두었으나 현실적으로 정확하고, 신비로운 명성으로 띠를 둘렀으나 건강한 상식에 발을 디딘 것이 류시화의 시다. 아직 출생의 온기로 따뜻한 시집 한 권을 손에 들고, 우리 문학의 문전에 걸린, 눈이 시리도록 푸른 등불 하나를 목도하는 행복이 너무도 소중하다.

고성 '동화나무의 숲'

윌리엄 워즈워스의 시 〈내 가슴은 뛰누나My heart lifts up〉에는, '어린이는 어른의 아버지The child is father of the man'라는 유명한 구절이 있다. 어린이들만이 간직하고 있는 동심의 순수성을 어른들은 이미 잃어버렸고, 이제는 그것이 어른들의 삶에 근원적 모범이 되기 때문이다. 그래서 H.F.아미엘도 "어린이들의 존재는 이 땅에서 가장 빛나는 혜택이며, 이들을 통해서만 지상에서 천국의 그림자를 엿볼 수 있다"고 주장했다. 동심이 마음의 고향인 것은, 젊은이가 본질적으로 불온한 것과 같이 인간의 세대교체에 숨어 있는 공공연한 비밀이다.

그런데 그 비밀에 매우 아름답고 감동적인 방식으로 새로운 형상을 부여한 숲의 나라가 있다. 대전~통영 고속도로를 타고 남녘 바다 가까이 남하하다가 고성 나들목으로 나가면, 그다지 멀지 않은 곳에 '동시 · 동화나무의 숲'이란 자연 공원이 있다. 주소로는 경남 고성군 대가면이고 그 면적은 모두 5만 2800

여 제곱미터(1만 6000평)에 이른다. 이 숲에 도달하는 길은 두 가지가 있다. 하나는 서로 이마를 맞대고 있는 서너 채의 촌가를 지나 그야말로 자연 속에 숨 쉬는 작은 숲길이요, 다른 하나는 뒷산 마루턱에서부터 어렵게 닦은 경사로를 타고 여러 굽이를 돌아 내려가는 좁은 찻길이다. 둘 다 세속적 삶의 일상을 벗어나기에 꼭 알맞은 거리를 가졌다.

숲의 중심, 평평하게 고른 땅에는 연면적 400제곱미터(120평) 규모의 산뜻한 2층 건물과 그 곁의 부속 건물이 있고 산 아래쪽으로 관리 숙소, 차고 맑은 계곡의 물가에 아담한 정자도 있다. 눈을 들면 산골짜기에 이어진 들판을 따라 고성읍내의 시가지가 원경으로 내려다보인다. 중간 어름에 놓인 저수지는 어떤 전설이 어린 호수처럼 고즈넉하다. 이 호수는 날이 저물어 달빛 별빛을 수면에 담을 때 온전히 제 몫을 다한다. 숲의 한가운데에서 굳은 땅을 차고 선 현대식 건물은 자연의 조화와 균형을 깨지 않도록 애쓴 기색이 역력하다. 이 건물에는 '열린아동문학관'이란 명호가 부여됐다. 그런데 정작 중요한 것은 지금껏 묘사한 이 숲의 청아한 풍경이나 모양새가 아니다.

숲에 서 있는 수많은 나무 하나하나가 아동문학가 누구누구의 것이라는 이름표를 달기 시작한 것이다. 작가의 이름, 작품 및 발표 지면을 함께 새긴 자연석이 길을 따라 바라보는 방향의 나무 발치에 놓였다. 지금까지 43명의 작가가 이 숲의 주인으로 참예했고 해마다 18명씩 늘어날 예정인데, 해가 가고 세월이 바뀌면 제 이름을 가진 한국의 모든 아동문학가들은 이 산에 불려와 숲을 지켜야 할 형국이다. 국내의 곳곳에 많은 문학관이나 문학 테마파크가 있으나, 이처럼 참신한 발상과 마주치기는 정말 처음이다.

돌에 새겨진 발표 지면은 부산에서 발행되는 계간 문예지 '열린아동문학'이다. 이 잡지의 원고료는 교환가치로 환산된 금액이 아니라 잘 추수된 곡식과 철따라 나는 과일·야채라고 한다. 이렇게 되면 아동문학을 하는 문인들에게서 이 지면에 글을 싣고자 하는 의욕을 자연스럽게 이끌어 낼 수 있을 것이다. 그 초심을 훼손하지 않고 소중하게 가꾸어 나간다면, 우리는 1백여 년 역사의 한국 현대문학에서 한 번도 보지 못한 아름다운 문학운동의 목격자가 될 가능성이 있다. 이 숲의 산지기는 동화작가 배익천 씨와 열린아동문학 발행인 홍종관·박미숙 씨 부부이다. 이들의 깊고 오랜 우정과 아동문학을 향한 사심 없는 헌신이 숲을 여기까지 키웠다.

숲이 자리한 고성은 지금까지 세 차례의 공룡세계엑스포를 성공적으로 치른 고장이다. 공룡세계엑스포는 방문객의 숫자나 행사의 내실에 있어 국책사업으로 시행한 여수엑스포를 훨씬 능가했다는 평가를 받았다. '공룡'의 예산이 112억 원인 데에 비해 '여수'는 그 2백 배인 2조 1천억 원이라고 하니 놀라울 따름이다. 이 공룡 행사를 유례없는 성공으로 밀어올린 바탕에 바로 우리 어린이들의 동심이 숨어 있다.

어린이를 귀하게 알고 그 마음을 가치 있게 받아들이는 태도가 없다면, 세상의 삶이 얼마나 각박할지 알 수가 없다. 인간의 정신과 영혼을 끌어안는 문학도 그 출발점을 거기에 두어야 마땅하다. 세상살이가 어렵고 팍팍할수록 순수의 원형을 비추는 거울로서 동심을 되새길 수 있다면, 우리도 누구나 각기 마음에 가꾼 동화나무 숲의 주인이 될 수 있을 것이다.

미微에 신神이 있느니라

글을 시작하면서 이런 우스갯소리를 먼저 해도 될지 모르겠다. 오늘날 우리 시대를 '3포 시대'라 부르는 사람들이 있다는 것이다. 이때의 3포는 세 가지를 포기한다는 의미의 '三抛'이다. 젊은이들이 경제적 어려움 때문에 연애, 결혼, 출산을 포기하는 풍조에 쉽사리 동화된다는 말이다. 미상불 혼수나 육아의 비용이 일반적 상식을 넘어가는 형편이고 보면, 부모로부터 물려받은 재산이 없는 젊은 세대가 비교 열세의 중압감을 벗어나기 어려운 형국이 되고 말았다.

그런데 이와는 다른, 매우 서정적이고 기분 좋은 개념을 가진 '3포'가 있다. 산과 강과 바다가 함께 인접해 있어서 물산이 풍부하고 경치가 아름다운 고장을 '3포지향'이라 한다. 이때는 세 가지를 모두 갖추었다는 의미의 '三抱'이다. 명산 지리산, 명강 섬진강, 명해 다도해를 함께 끌어안고 있는 경남 하동이 그 대표적인 지역에 해당한다. 여기에는 먹거리, 볼거리, 체험거리가 풍성하여 사시사철 사람들의 발걸음이 끊이지 않는다.

지자체 하동군은 스스로의 향리를 '문학 수도'라 명명하고 2009년 10월 그 선포식을 가졌다. 한반도 남부지방의 작은 도시가 '수도'라는 호명을 사용하는 것은 얼핏 무모하고 우스워 보인다. 그런데 실제 내면을 유심히 들여다보면 그럴 만한 연유와 자격이 없지 않다. 예로부터 많은 선비와 시인묵객들이 지리산 자락 수려한 하동의 산수경관에 의지하여 이름난 문장과 글씨를 남겼다. 점필재 김종직의 제자로 무오사화 때 유학의 정명주의의 표본으로 남은 탁영자 김일손 선생도 그 한 사례에 해당한다. 이 어른은 필자의 직계 선조이다.

현대문학에 있어서는 김동리, 이병주, 김병총, 정공채, 정호승 같은 걸출한 문인들이 하동을 출신지로 하고 있다. 영남과 호남의 물산이 서로 만나 교류하던 유서 깊은 화개장터에는 김동리의 소설 〈역마〉를 기리는 표지석의 기록이 있다. 화개장터가 곧 소설의 무대인 까닭에서이다. 섬진강을 넘어가면 전라도 땅인 강변이다. 그 산곡 입구 아담한 자리에 판을 벌인 장터는, 지금도 많은 여행자들의 발길을 유인하는 명물 저자로 생동한다.

이병주는 하동이 낳은 불세출의 작가이다. 모두 80여 권에 이르는 그의 소설은, 하동에서부터 시작하여 인근의 도시 진주와 부산, 그리고 나라의 영역을 넘어 동북아와 세계를 향해 무대를 넓혔다. 그의 소설에 등장하는 H읍은 곧 하동읍이다. 그는 1921년 하동군 북천면에서 출생했고 일본 메이지대학으로 유학했으며 재학 중 학병으로 끌려가 중국 쑤저우苏州의 60사단에서 근무했다. 해방 후 돌아온 다음에는 진주 해인대학 교수와 부산 국제신보 주필 겸 편집국장을 지냈다. 5·16 이후 필화사건으로 복역한 이력을 거쳐 40대 초반의 늦깎이로, 〈소설·알렉산드리아〉를 〈세대〉지에 발표하면서 문단에 나갔다.

작품 활동을 활발하게 하던 생전에, 그는 '한국문학의 정신적 대부'라는 별호를 얻었다. 그만큼 그의 작품은 '문·사·철文·史·哲'에 두루 걸쳐 박람강기한 식견을 자랑했고, 웅장하고 드라마틱한 이야기의 재미와 유려하고 감응력 있는 문장의 기량으로 당대 최고의 베스트셀러 작가이기도 했다. 《관부연락선》, 《산하》, 《지리산》, 《그해 5월》 등 한국 현대사를 배경으로 한 작품, 《바람과 구름과 비碑》처럼 왕조시대를 다룬 작품 등 역사성 있는 소설문학은 그의 특징이 가장 잘 나타난 장르라 할 수 있다.

이병주기념사업회가 조직되어 작가를 기리고 그 문학세계를 재조명하는 사업을 시작한 지는 올해로 꼭 10년이 되었다. 봄철 섬진강변에 벚꽃이 만개할 때면 이병주문학 학술세미나를 개최하고, 가을철 코스모스·메밀꽃 축제가 장관으로 펼쳐지면 이병주국제문학제와 이병주국제문학상 시상식 행사를 개최한다. 이 문학제들은 한국 문단의 여러 문인들이 대거 참석하고 중국·대만·일본·동남아시아 각국의 저명한 작가들이 초청되어, 결실 있는 국제 문학행사로 자리를 잡았다. 이러한 면모는 하동을 문학수도가 될 수 있도록 부양하는 주요한 요인 중 하나이다.

이와 함께 문학수도 하동을 쌍끌이 그물망처럼 견인하는 또 하나는 문학 축제는 악양면 '최참판댁'의 토지문학제와 그 바탕을 이루고 있는 박경리의 문학세계이다. 전란을 중심으로 한 격변의 시대사, 더 거슬러 올라가 봉건사회로부터 당대에 이르기까지 통시적인 시각으로 역사의 굴곡을 훑으며, 이 와중에 부침한 인간의 삶과 그 다양 다기한 국면을 소설로 치환한 것이 박경리의 문학이다. 그리하여 그의 《토지》는 어느덧 한국문학의 '어머니'와 같은 존재로 부상했다. 이 대하장편의 세계와 형상화의 배경을 구체적 모형으로 거느린 곳이 바로 최참판댁이다.

가을이 깊어가는 시기에 이곳에서 열리는 토지문학제는 경향 각지에서 수많은 문인들의 이목을 모으고 또 실지로 발걸음을 옮겨 이 문학의 고장을 찾도록 유혹한다. 문학의 향기에 취하고 가을꽃과 단풍의 향기에 취하고 밝은 달빛 아래 함께 기울이는 술잔의 향기에 취하고, 마침내 가슴을 열고 마음을 나누는 사람의 향기에 취하는, 여러 차례 대취의 사태가 대책 없이 발생한다. 그리고 그 흥왕한 잔치마당의 한복판에 이 축제의 프로그램을 이끌고 나가는 탈속한 형색의 한 남자가 있다. 그의 이름은 최영욱, 삼포지향 하동의 시인이다.

마음이 모질지 못한 그는 차밭에서 새순을 꺾는 일에도 죄스러워 한다. 항차 사람을 부르고 모으는 일에 있어서는 더 말할 나위도 없다. 그런데 그의 그러한 사람됨으로 인하여, 누구든 그의 호출을 받은 이는 논리나 핑계를 대지 못하고 쉽사리 무장해제를 하고 만다. 참으로 독특한 용인술이라 할 만하다. 그의 시는 그렇게 허허로운 서정을 끌어안고 있을 때 가장 빛난다. 하동의 경색이 그의 시를 추동하는지, 아니면 그의 시가 있어 하동의 산하가 정겨운 것인지 잘 알 수가 없다.

한 지역사회가 문학을 슬로건으로 내세우는 일은 그리 흔하지 않다. 그렇게 해서 이제는 이 세상에 없는 문인들을, 그 문학의 음유한 힘을 세상 속으로 불러내는 일 또한 전혀 흔하지 않다. 그러나 일찍이 허먼 멜빌의 《백경》이, 작가의 사후 탄생 1백주년 행사를 통해 다시 발굴되었듯이, 작가와 작품에서 인간사의 아름다움과 가르침을 도출하는 하동 군민들의 의욕은 선하고 보람찬 것이다. 이 일의 선두에 유연한 문학적 마인드를 가진 군수와 군의 공무원들이 서 있다.

이렇게 관민이 함께 가치 있는 행사와 사업을 추진하는 범례는 다른 지역에서 두루 타산지식으로 삼을 만하고, 이러한 모델케이스의 성과가 전제되어 있기에 하동은 자기 고장에 문학 수도의 화관을 씌웠다. 평사리 넓은 벌을 굽어보며 최참판댁 윗

자리에 의연히 앉아 있는 한옥체험관의 대청마루에 서보면, 누구라도 가슴 저 밑바닥을 두드리며 차오르는 문학적 흥취를 감각하게 된다. 수십 번의 설명으로도 충분치 못한, 명려한 산수 자연과 역사적 실체로서의 문학과 이를 끌어안은 인간의 마음이 한가지로 융합하는 문학적 상상력의 세계가 거기에 있을 것이다.

그렇다. 사람을 감동시키는 힘은 크고 화려한 데에 있지 않고, 작고 소박하지만 참되고 소중한 데에 있다. 작가 이병주가 그의 세태소설《행복어사전》에서 '미微에 신神이 있느니라'라고 적었던 이유는, 이 작고 소중한 것이야 말로 삶의 근간을 이루는 가장 기본적인 요소라는 생각에서였다. 인류 역사는 산맥처럼 기록된 창대한 사건들에 의해 지배되었을 법하지만, 실제로는 그 산맥을 높이 융기시킨 수많은 골짜기들에 의해서 모양과 태깔을 이루었다. 대해와 장강도 그에 이르는 수백 개 산곡의 시냇물 줄기들이 없으면 마른 바닥밖에 남길 게 없을 터이다.

그러기에 하는 말이다. 문학수도 하동이 외형적 이름으로서가 아니라 내면적 실상으로서 수도가 되기를 원한다면, 공룡도시 서울과 같은 겉보기 실적을 뒤쫓지 말고, 진정으로 작은 하나의 의미 있는 실과라도 이를 소중하게 추수하는 마음 바탕을 지켜야 옳다. 사람을 소중하게 여겨 그 마음자리를 따뜻하게 돌보며, 문학이 가진 소수자의 지위를 귀하게 생각하여 거기에 정성을 다하는 '미微의 충실'이 오히려 정답이 될 수 있을 것이다. 하동의 관민과 지기지우 가운데 어쩌면 내 자리도 말석 어디쯤에 남아 있을 듯하여, 이렇게 부족한 필설을 보태는 바이다.

다시 감수성의 혁명을

춥다. 이 추운 겨울날 생각의 꼬리에 붙어 다니는 시 한 편. "동지冬至ㅅ달 기나긴 밤을 한 허리을 버혀 내여/ 춘풍春風 니불 아래 서리서러 너헛다가/ 어론 님 오신 날 밤이여든 구뷔구뷔 펴리라." 현존하는 가장 오래된 시조집 '청구영언'에 수록되어 있는 황진이의 시조다. 연모의 정과 기발한 착상이 어우러져 빼어난 표현의 묘미를 얻었다. 어떻게 겨울밤의 한 허리를 베어 낼 요량을 했을까.

겨울 지나 봄이 오고 새 학기가 시작되면, 필자는 새롭게 만난 강의실의 학생들에게 창밖에 무엇이 보이느냐고 묻는다. 하늘, 나무, 건물, 사람들…… 거기에 내가 원하는 대답은 없다. 아니, 거기 마른 나뭇가지에 파릇파릇 새 움을 돋게 하는 연초록 봄의 얼굴이 보이지 않는단 말인가. 어느새 우리는 회색 도시의 그늘에서 기계화된 일상의 부품으로 전락하여, 자유로운 상상력의 날개나 예민한 감수성의 촉수를 잃어버렸다.

그런 점에서 수백 년 전의 황진이는, 오늘날 메마른 심성과 즉물적 사고방식에 침윤한 후대들에게 효력 있는 교사이다. 조선 중기에 기녀 신분으로 너무도 많은 제약이 뒤따랐겠지만, 당대의 사대부들을 오연히 바라보며 당당하게 제 길을 간 인물이다. 그 독자행의 결기는 의지만으로 가능한 일이 아니었으며, 그의 생애 전반을 지배하는 내공, 곧 고양된 감수성과 활달한 상상력의 부양을 받은 터였다. 지금 우리 세대는 그것을 놓치고 있다.

우리 사회의 어느 부면을 둘러보아도, 논리적 판단으로는 새 소망을 찾기가 어렵다. 기존의 사회 질서를 대신할 새로운 도덕률이 뿌리내리지 못하였으며, 정치와 경제는 함께 곤두박질이고 젊은이들은 일자리를 찾아 우왕좌왕이다. 이를테면 언어도단言語道斷의 지경에 이르렀으니, 황진이식 심행처心行處를 찾아보는 것이 우선은 유일한 출구일 지도 모른다.

그렇게 세상이 어렵고 또 많이 달라졌다. 1960년대 전란의 질곡을 벗어나면서 김승옥이 쓴 〈무진기행〉 같은 소설들이 '감수성의 혁명'으로 불렸던 것은, 생존의 문제로부터 심경의 문제로 관심의 방향을 바꾼 탓이었다. 그런데 공지영의 소설 《도가니》가 크게 주목을 받지 못하다가 영화로 만들어진 후 하나의 사회현상에 도달한 것은, 영상문화의 시대에 상상력의 공감을 촉발하는 방식도 나날이 과거와 달라진다는 뜻이다.

일찍이 헤르만 헤세는 《지성과 사랑》에서 이성과 감성의 조화를 탐색했고, 발자크는 감수성이 강한 자가 사리분별이 깊다 할 수 없다고 탈사실성으로의 치우침을 경계했다. 그러나 헐벗은 겨울나무에서 울울창창 푸른 잎을 꿈꾸는 일탈의 상상력이 없이는, 어떤 지식이나 제도도 고착과 퇴행의 관성을 벗어나기 어렵다. 새로운 시대정신, 새로운 세대가 반응하는 공감대는 이성적 논리에 있지 않고 감성적 체현에 있다.

세계대전에서 영국을 구한 처칠의 기질과 그 힘의 원천을 논거할 때면, 가장 먼저 떠오르는 것이 자유분방한 상상력이다. 그의 아이디어로 현대 전쟁 양식의 면모를 일신한 탱크는, 1918년 연합군으로 하여금 서부전선의 교착 상황을 타개할 수 있게 했다. 그는 히틀러의 힘을 제대로 평가하고 영국의 재무장이 필요하다고 호소한 최초의 정치가였다. 그의 선견지명은 풍성한 감수성에서 말미암았고, 그는 기이하게도 정치가로서 노벨문학상을 받았다.

다시 겨울 추위로 돌아가 보자. '어린 왕자'가 불시착한 사막이 아름다운 건 어딘가에 우물이 숨어 있기 때문, 허약한 입성으로도 매서운 동장군을 이길 수 있는 건 곧 봄이 오리라는 예단의 확신 때문이다. 그래서 셸리는 시 〈서풍부〉에서 '계절의 나팔소리 오 바람이여, 겨울이 오면 봄 또한 멀지 않으리'라고 노래했다. 카뮈는 수필 〈여름〉에서 '이 겨울 한복판에서 결국 나의 가슴속에 불굴의 여름이 있음을 안다'고 선언했다.

눈물이 증발하고 가슴이 삭막한 오늘의 세태를 치유할 힘은 먼 곳에 있지 않고 힘겨운 자리에 있지도 않다. 마음의 빛깔을 바꾸면 지옥도 천국이 되는 명료한 이치, 곧 각자의 내부에서 새로운 감수성의 변화와 혁명을 도모할 때이다. 그렇게 자신이 선 자리를 훈훈하게 데움으로써 그 온기로 곁의 사람들 언 손을 녹일 수 있다면, 이는 동지섣달 긴 추위의 한 허리를 값있게 베어내는 일이 되지 않을까.

억압의 시대를 불우한 환경에서 살았던 한 여성 시인은, 그 외형적 조건을 압도하는 정신주의의 개가를 시적 감성으로 종결했다. 글쎄, 이 짧은 추종의 글이 그 흉내라도 낼 수 있으면 다행이겠다.

우리 안의 깊은 지혜

- 행운은 준비된 사람에게 온다
- 대팻날을 가는 시간
- 생의 마지막 5분 앞에 선다면
- 말 속에 얼굴이 있고 마음이 있고 갈 길이 있다
- 희망은 공짜다
- 현재는 선물이다
- 금간 항아리
- 명품은 우리 안에 있다
- 사람됨이 관건이다
- 창의력이 희망이다

행운은 준비된 사람에게 온다

김영삼 정부 때 주한 미국대사를 지낸 제임스 레이니는 학자요 정치가요 목사였다. 1947년부터 3년간 미국 정보장교로 서울에서 근무했고, 1950년대 말에는 연세대 교수를 지냈다. 1977년, 그가 조지아 주 애틀랜타의 에모리 대학교 교수로 있을 때의 일이다. 건강을 위하여 매일 자전거로 출퇴근하던 그는, 길가의 공원 벤치에 쓸쓸하게 앉아 있는 한 노인을 만났다. 이들은 서로 인사를 나누고 가까워져서 2년여 동안 친근한 말벗이 되었고, 서로의 개인사를 잘 모르는 채 인간적인 신뢰를 쌓았다.

어느 날 출근길에 노인이 보이지 않자 레이니는 그 집을 방문했고, 노인이 바로 전날 세상을 떠난 것을 알았다. 장례식장을 찾아가서야 비로소 노인이 다국적 기업 '코카콜라'의 창업자 우드러프Robert Woodruff 회장이었음을 알게 됐다. 한 사람이 그에게 노인의 유서를 전했다. 놀라운 유언이 거기 담겨 있었다. "당신은 2년이 넘도록 내 집 앞을 지나다니며 나의 말벗이 되어준 친구였소. 우리 집 뜰의 잔디를 깎아주고 커피도 나누어 마셨던 나의 친구 레이니에게 25억 달러와 '코카콜라' 주식 5퍼센트를 유산으로 남깁니다."

사양만 할 수 없었던 레이니는, 무려 4조원에 달하는 그 거금을 모두 에모리 대학교의 발전기금으로 출연했으며, 그 자신도 이 대학의 총장을 지내면서 끝까지 헌신했다. 미국 대학사상 역대 최고의 기부금을 바탕으로, 에모리 대학은 급성장하여 남부의 명문이 되었다. 16년간 총장으로서의 직무를 잘 수행한 그의 이름을 따서 이 대학의 대학원은 '레이니 대학원'으로 명명되었다. 그는 총장직을 마친 1993년부터 4년간 주한 미국대사로 임명되었고, 한국을 가장 잘 이해하고 사랑한 대사로 기억되고 있다.

아직도 많은 사람들이 반추하고 있는 레이니의 이 실화는, 우리에게 삶의 도정을 걸어가면서 꼭 익혀야 할 몇 가지 가르침을 전해준다. 먼저 우드러프 회장에 관해서다. 그렇게 세계적인 부자가 그렇게 검소하게, 자신의 신분도 밝히지 않고 살았다는 점이다. 그러했기 때문에 레이니라는 사람의 본질을 정확하게 보는 판단력을 가질 수 있었고, 그처럼 큰돈을 '친구'에게 남길 수 있었을 터이다.

다음으로 우리에게 더 흥미로운, 레이니의 행위에 관해서다. 평소의 따뜻한 마음과 선한 행동으로, 대가를 생각하지 않고 다른 사람을 도운 응답이 상상도 못한 선물이 되어 되돌아왔다. 이것은 결코 황금광 시대의 금맥도 자본주의 시대의 일확천금도 아니다. 또 한 가지. 선물을 받은 그는 평소의 인품뿐만 아니라, 그러한 거금을 뜻있고 가치 있게 쓸 수 있는 준비가 된 사람이었다. 그는 그 돈을 단 한 푼도 자신을 위해 쓰지 않았다. 우드러프 회장이 단순히 '친구'라는 인식만으로 레이니에게 전 재산을 남겼을 것으로는 보이지 않는다.

엄밀하게 말하자면, 레이니의 행운은 결코 우연이 아니었다. 기회가 그것을 만드는 사람에게 오는 것처럼, 참된 행운은 스스로 예비하는 것이며 궁극적으로 그 행운을 감당할 준비가 되어 있는 사람에게 온다. 언론에 자주 보도되는 소식이지만, 대책 없이 큰 복권에 당첨되었다가 마침내 패가망신하는 사람들의 사례가 이를 잘 말해준다. 행운과 축복은 누구에게나 공통된 꿈이다. 하지만 평소의 '마음가짐'을 통해 받을 준비를 하는 사람은 매우 드물다.

가난한 무명 시절 교회 창고에 살면서 생쥐를 벗 삼아 미키마우스를 발굴한 월트 디즈니, 온갖 실패와 좌절을 딛고 상상의 세계 가운데에서 해리 포터를 탄생시킨 조앤 롤링은, 모두 현실의 어려움을 미래의 소망으로 가꾸는 '마음가짐'을 가졌다. 곧 송년의 계절이다. 해가 가기 전에 우리에게 무슨 행운이 없을까

하고 기대한다면, 그에 앞서 평상시에 받을 그릇부터 먼저 준비해야 옳겠다.

대팻날을 가는 시간

필자의 스승 고 황순원 작가는 생전에 이렇게 말씀하시곤 했다. “대패질하는 시간보다 대팻날을 가는 시간이 더 길 수도 있다.” 대팻날을 가는 시간은 대패질을 하는 시간에 대한 준비이며 그 실전을 위한 휴식을 말하는 것이기도 하다. 물론 이는 작가로서 당신의 창작 방식에 대한 비유적 언급이었으나, 세상을 살아갈수록 우리 삶의 전반에 적용될 수 있는 날선 교훈이라는 생각이 든다. 벌목장의 인부가 열심히 도끼질을 하는 것만이 능사가 아니라, 쉬는 시간을 갖고 도끼날을 갈며 기름을 바르는 것이 훨씬 더 일의 능률을 올리는 길이라는 사실과도 같다.

필자의 선배 전상국 작가는 대학 4학년 때 조선일보 신춘문예에 당선하여 문단에 이름을 걸었으나, 졸업 후 강원도 홍천에서 교사 생활을 하며 10년 간 작품을 쓰지 않았다. 다시 문단에 복귀하여 6·25 소재의 소설로 일약 빛나는 문명文名을 얻었는데, 그 시기에 그는 지난 10년을 ‘소비의 세월’이라 불렀다. 그러나 더 세월이 지나 원숙한 중진 작가의 반열에 오른 이후 지난날을 회상하면서 그 10년의 호명을 바꾸었다. '준엄한 수업기간 10년.' 그렇다. 당장은 그와 같이 쉬는 날들의 효용성을 체득하지 못했으나 더 많은 삶의 경험과 더불어 보니 쉬는 일이 그냥 버려진 시간이 아니었던 터이다.

필자가 젊은 시절 포항 해병사단에서 군 복무를 하던 때의 일이다. 이런저런 연유로 부대 내 휴게실을 새롭게 꾸미는 임무가 맡겨졌다. 대학에서 미술을 전공하다 온 전우 한 사람과 여러 날을 고민했는데, 그중에서도 정면 벽면에 어떤 구호를 내걸까가 중심 화두였다. 우리는 해병대의 진취적 정신과 휴게실의 본질적 기능을 조합하여 이렇게 정했다. "오늘의 휴식, 내일의 전투력." 지금 생각해 보면 휴식이 전투력이 될 수 있다는 인식은 어리바리한 사병들로서는 썩 잘된 아이디어였고, 그래서 그런지 그 콘셉트로 완성된 휴게실은 부대 내의 큰 칭송을 받았다.

쉬지 않고 높은 산을 오를 수는 없다. 개별의 사람이나 공동체나 쉬면서 과거를 정리하고 미래를 구상하는 과정을 갖지 못하면 괄목할 만한 성장을 갖기 어렵다. 일본의 혼다 기업 창업자 혼다 쇼이치로는 "휴식은 대나무에 비유하자면 마디에 해당한다"고 했다. 마디를 맺어가며 성장해야 키 큰 대나무가 될 수 있는 것처럼, 사람도 기업도 중간 중간에 쉬는 구간을 가져야 강하고 곧게 클 수 있다는 뜻이다. 그런 점에서 의식주 자체가 어렵던 옛날에는 허리띠를 졸라매며 열심히 일하는 것이 미덕이었으나, 지금은 잘 노는 사람이 성공한다는 전혀 다른 조어造語가 일반화 되어 있다.

더 나아가서는 일하는 곳 '일터'와 살아가는 곳 '삶터'와 노는 곳 '놀터'가 함께 유기적으로 연계되어 있고 이 세 공간이 상호 지지 기반을 형성하여 시너지 효과를 창출할 때, 바람직한 성과를 기대할 수 있게 되었다. 유태인의 노동정신은 "열심히 일하라"가 아니라 "우선 잘 쉬어라. 신바람 나게 놀아라. 그리고 일하라"라고 한다. 이들이 수천 년 동안 노동의 핵심을 쉬는 데에 두었기 때문에 탁발한 민족적 창의력을 유지할 수 있었다. 노벨상이 제정된 1901년부터 현재까지 유태인 수상자는 무려 175명에 이른다. 세계 인구의 0.03퍼센트에 불과한 민족이 23퍼센트의 수상 비율을 차지하는 통계다. 뿐만 아니다. 미국 아이비리그의 대학교수 20퍼센트, 미국 100대 부호 20퍼센트가 유태계라고 한다.

곰곰 생각해 보면 놀랍고도 무서운 일이다. 휴식이 곧 창의력의 요람이라는 개념의 실상이 거기 있다. 일만 알고 휴식을 모르는 사람은 제동장치가 없는 자동차와 마찬가지다. 그만큼 위험하기 그지없다. 그 자신의 삶에 있어서도 그러하지만, 함께 살아가는 주변 사람들에게 미치는 피해에 있어서도 그러하다. 톨스토이의 소설 중에 〈사람에게는 얼마만큼의 땅이 필요한

가?〉라는 단편이 있다. 어느 농부가 동이 튼 후 해질 때까지 하루 동안 발로 밟고 표식을 해둔 땅을 모두 주겠다는 약속, 그러나 해지기 전까지 출발지점으로 돌아오지 못하면 모두 무효라는 규칙을 함께 받았다. 결과적으로 농부는 그날 출발선으로 돌아왔으나 기진맥진해 죽었다.

그에게는 쉼표가 없었다. 그 쉼표는 욕심을 버릴 때에만 눈에 보이는 신비한 문자인지도 모른다. 농부의 죽음을 부른 과욕은 매우 상징적이다. 그것은 자신을 죽이고 자신과 연동되어 있는 모든 사람들에게 죽음에 필적하는 고통을 부가한다. 찰스 디킨스가 쓴 소설 《크리스마스 캐럴》의 스크루지 영감이 그로 인해 지옥과 천국을 오간 대표적인 캐릭터이다. 지옥에서 천국으로 이동할 수 있다는 것은 욕심을 버린 자리의 휴식, 그 쉼표가 우리의 삶에 선사할 수 있는 최상의 복원력을 말한다. 10여 년 전에 발생한 강원도 고성 일대의 산불은 모든 산림을 다 태웠지만 지금은 놀라운 회생의 힘으로 원상을 회복했다. 곧 휴식의 힘이다.

1999년 이탈리아의 한 지역에서 시작된 슬로시티slow city 운동이란 것이 있다. 슬로푸드 먹기와 느리게 살기로부터 시작된 이 운동은 지식정보화 시대의 쾌속성에 맞서 지역사회의 환경을 재조정하자는 취지를 가졌다. 우리나라에서도 10여 개의 도시가 여기에 가입하고 있다. 문제는 슬로시티 자체가 아니라 그 속에 살고 있는 시민들이 누리는 삶의 질이요 수준이다. 필자가 사는 서울, 필자가 연구하고 가르치는 대학의 환경은 그야말로 반反슬로시티에 해당한다. 그러고 보니 교직 20여 년에 아직 한 번도 안식년을 못 가진 헛똑똑이다. 그래서 이 글을 쓰는 시점을 계기로 '쉼'의 문제에 전혀 새롭게 접근해볼 참이다.

생의
마지막 5분 앞에
선다면

기계공학 석사 전공으로 대학원을 수석 졸업한 젊은이가, 직장 생활 5년 만에 열정을 되찾기 위해 산행을 계획한다. 2003년 5월, 미국 유타 주 블루존캐니언. 홀로 등반에 나선 젊은이는 떨어진 바위에 오른팔이 끼고 만다. 꼼짝할 수 없는 그에게 남은 것은 로프와 작은 등산용 칼 하나, 그리고 500밀리리터짜리 물 한 병뿐이다. 아무도 오지 않고 아무것도 할 수 없는 시간이 흐르는 동안, 그는 희미해지는 정신을 부여잡으며 사랑하는 사람들과 지나온 날들을 떠올린다.

그 끔찍한 고통을 캠코더 기록으로 남기고 삶의 욕망을 놓아버리기도 하다가 마침내 팔을 잘라 탈출하겠다는 결심을 하기에 이른다. 그 결심의 순간까지 127시간이 걸렸다. 무딘 손칼로 썩어가는 오른팔을 자르는 일은, 그것 자체로 초인적인 용기였다. 4시간에 걸친 극한의 고통 끝에 탈출에 성공한 그가, 온몸이 피로 얼룩진 모습으로 여행 중이던 한 가족 앞에 나타나 구원을 요청한다. 그는 사막을 횡단해 병원에 옮겨졌으며 기적적으로 살아났다. 이 사건은 CNN을 통해 미국 전역에 알려졌고 언론 보도와 다큐멘터리 제작이 줄을 이었다.

젊은이의 이름은 애런 랠스턴, 이 감동적인 실화는 그가 직접 촬영한 영상들과 함께 책으로 출간되었다. 동시에 〈슬럼독 밀리어네어〉의 감독 대니 보일이 영화로 만들어 화제가 되었는데, 그 제목이 〈127시간〉이다. 생생한 감동이 넘치는 살아남기의 투혼과 용기 있는 결단을 보여준 이 실화의 주인공은, 사고 전에 세웠던 등반 목표를 위해 지금도 산을 오르고 있다. 콜로라도에 있는 4,200미터 이상 59개 산을 겨울에 단독 등반한다는 것이다.

생명이 경각에 있는 절체절명의 순간을 보여주기로는 도스토예프스키의 '5분간'을 앞서는 사례가 없다. 이 러시아의 대문호가 28세의 젊은 나이였을 때, 반정부 운동인 페드라세프스키 사건에 연루돼 사형선고를 받았다. 총살이 집행되기로 예정된 12월 중순 혹한의 날에, 그는 함께 처형될 다른 죄수들과 함께 페테르부르크의 세묘노프 광장에 준비된 형장으로 끌려나왔다. 마지막으로 그에게 5분이 남았다. 이 시간을 무엇에 쓸까. 그 적나라한 마음의 무늬가 그의 소설 《백치》에 기록되어 있다.

사형 선고문이 낭독된 후 사제는 십자가를 들고 마지막 참회를 하라고 한다. 아홉 명의 죄수는 두 줄로 나란히 세워졌고 앞의 세 사람은 기둥에 묶여 사격할 사람들과 마주 보고 있다. 손발은 말뚝에 묶이고 두 눈은 가려졌다. 《백치》는 그 최후의 5분간을 이렇게 기록했다. "이제 이 세상에서 숨 쉴 수 있는 시간은 5분뿐이다. 2분은 동지들과 결별하는 데, 다음 2분은 세상을 하직하는 순간의 자신을 위해, 그리고 최후의 1분은 이 세상을 마지막으로 봐 두기 위해 주위를 돌아보는 데 쓰기로 했다."

그런데 참으로 극적으로, 처형 직전에 황제의 특사가 감형장을 가지고 나타나 손을 높이 들고 흰 손수건을 흔들었다. 죽음의 문턱에서 목숨을 건진 도스토예프스키는 《백치》의 무이쉬킨 공작을 통해 이렇게 말한다. "이러한 고통, 이러한 공포, 인간을 이렇게 취급하는 것은 위법이다." 그 후 시베리아 옴스크 감옥에서 4년간을 버틴 대문호는, 이 시기의 체험을 고스란히 그의 문학에 담아냈다. '사랑으로서 사랑하라'는 주제, '아름다움의 비극'으로 불리는 《백치》는 《죄와 벌》 이후 1868년 작품이다.

우리는 모두 애런 랠스턴이나 도스토예프스키와 같은 절체절명의 순간이 우리의 삶에 매설되지 않기를 바란다. 그러나 만약 그와 같은 순간에 부딪친다면, 그보다 규모는 작으나 심정의 고통으로는 유사한 현실이 눈앞에 출현한다면 과연 어떻게 해야 할까. 그 최악의 상황에 대응하는 최선의 의지와 용기가 발양될 수 있을까. 예년보다 훨씬 매섭다는 겨울이 오는 길목에서, 또 한 해의 마감을 바라보면서 스스로에게 던져볼 질문이다.

말 속에 얼굴이 있고
마음이 있고
갈 길이 있다

올해로 정전 62주년을 맞은 '한국전쟁'의 원래 이름은 '6·25동란'이다. 그런데 지금은 대다수가 한국전쟁이란 용어를 자연스럽게 쓰고 있다. 역사 기술에 있어 '전戰'과 '난亂'은 매우 다르다. 전자는 정통성이 있는 국가나 집단 사이의 무력 충돌에, 후자는 한쪽이 그렇지 않을 때 사용한다. 그래서 청일전쟁은 '전'이고 이시애의 난은 '난'이다.

6·25동란이 발발했을 때, 유엔이 인정한 한반도의 합법적인 정부는 남한이었다. 북한의 불법 남침에 의해 시작된 동족상잔은 당연히 동란이 맞고 오랫동안 그렇게 통용되었다. 한국전쟁이란 표현이 일반화 된 데는 두 가지 측면이 있다. 해외의 영어 표기 'Korean War'의 번역이 역수입 되어 세력을 얻은 한편, 시대의 변화에 따라 북한을 하나의 국가체제로 수긍하는 인식의 확산이 병행되었다.

언어는 연역적인 것이 아니라 귀납적인 것이다. 문법이

나 어법을 미리 정해놓고 거기에 언중言衆을 복속시킬 수 없다. 그 시대를 살아가는 언중의 말이 변하고 그것이 다수의 공통어가 되면, 할 수 없이 문법을 고쳐야 한다. 국가에서 한글 맞춤법이나 표준어 규정을 주기적으로 개정하는 이유도 거기에 있다. 1446년에 반포된 훈민정음은 국자의 제정과 국어음의 개신改新이라는 두 가지 목적을 가지고 있었으나, 후자는 실현하기 어려운 목표로 그쳤다.

'사랑'이라는 말의 개념도 시대에 따라 많이 변하는 것 같다. 개화 세대를 향해 민족의 교사를 자처하며 글을 썼던 이광수는, 《사랑》이라는 소설에서 당대의 사랑이 어떤 함의를 갖는가를 이야기로 꾸몄다. 의사 안빈을 바라보는 간호사 석순옥의 사랑은, 육탈이 끝난 이상주의적이고 우주론적인 것이었다. 그러나 우리 동시대의 연인들에게 그와 같은 사랑을 주문한다면, 이는 세상 물정 모르는 경우로 치부될 가능성이 높다.

필자가 대학에서 오래 문학 강의를 한 터여서, 사람들이 이렇게 묻는다. 그 대학에 계시던, 당신의 스승이신 황순원 선생의 소설 〈소나기〉는, 주제를 무엇이라고 해야 하는가. 과거의 필자는 조금도 망설이지 않고 이렇게 답했다. 우리가 차마 사랑이라는 이름으로 부르기에도 조심스러운, 소년과 소녀의 순수한 심정적 교류.

근자에 이르러 시간이 날 때마다 곰곰 생각해 보면, 이런 대답에 묶여 있는 필자가 어쩌면 낡은 언어의 그물에 걸려있는 것이 아닌가 싶다. 초등학교 상급반 아이들에게 이 소설을 읽히고 주제를 묻는다면, 모두가 소년과 소녀의 순수한 사랑이라고 대답할 것 같기 때문이다. 미상불 우리 아이들은 그렇게 성숙했고 사랑에 대한 가치관도 달라졌는데, 말과 글의 표현이 그 보법을 따라가는 것이 자연스러울 것 같다.

말은 그 주인의 정신세계를 비추는 거울이다. 말이 올곧고 정확하면 그 사람 또한 그러하다. 우리 선조들은 사람을 판단하는 데 있어 '신언서판身言書判'이란 기준을 사용했는데, 이 네 글자의 모든 영역에 말이 결부되고 연동되어 있다. 잠깐 말을 섞더라도 상대방이 어떤 종류의 어휘와 어떤 수준의 표현법을 사용하는가를 보면 금방 그 사람됨을 알 수 있다. 면접시험에서 피면접자에게 계속 말을 시키는 것은, 그가 어떤 사람인가를 알아내기 위해서이다.

그런 만큼 말에는 교양과 품위가 있어야 한다. 겉으로 꾸민 교양이 아니라, 그 사람됨으로 인하여 속에서부터 배어나오는 교양이 품격 있는 것이다. 그러기에 교양인은 온 생애에 걸쳐 책을 읽고 성품을 다듬고 말을 조심한다. 동양 문헌의 '군자'는 학식과 인품을 함께 갖춘 사람이다. 또한 말에는 지식과 정보가 담겨야 한다. 그 예로 '절대절명'이라고 말하는 이와 정확히 '절체절명'이라고 말하는 이는 많이 다르다.

일상생활에서 함부로 '저희 나라'라고 하거나 남자를 두고 '재원才媛'이라고 하는 이에게 신뢰를 건네기는 어렵다. 지금도 계속되는 일본 정치 지도자들의 망언은, 그 속에 진실된 인간과 역사관이 없다는 증빙이다. 말 속에 얼굴이 있고 마음이 있고 갈 길이 있다. 말은 세상을 향해 공개하는 자신의 평점이요 이력서다.

희망은 공짜다

이 계절에 꼭 맞는 노래 가사 한 구절. '그 시절 푸르던 잎 어느덧 낙엽 지고 달빛만 싸늘히 허전한 가지…….' 1971년 29세의 아까운 나이로 요절한 가수 배호의 〈마지막 잎새〉다. 온 몸의 진액을 걷어 올려 흐느끼듯 노래하는 창법으로, 5년간의 가수 활동 이래 일세를 풍미한 그의 노래들이 지금도 우리 귓가에 여일하게 남아 있다.

〈돌아가는 삼각지〉나 〈안개 낀 장충단공원〉 같은 배호의 히트곡은 전국을 휩쓸었는데, 문제는 그 가사·곡조·음색이 모두 처량하고 슬프기 이를 데 없다는 사실이었다. 그래서 많은 이들이, 그의 노래가 그의 운명을 재촉한 것은 아니었을까 의심한다. 왜 〈낙엽 따라 가버린 사랑〉의 차중락은 28세의 젊은 나이에 뇌막염으로 세상을 떠났지만, 〈해뜰날〉의 송대관은 60대 중반이 지난 지금도 펄펄 날아다니고 있지 않은가.

자기도 모르는 자기 암시가 때로는 강력한 작용으로 몸에 영향을 미친다. 어떤 사람이 나이아가라 폭포를 구경하다가 목이 말라 폭포의 물을 맛있게 마셨다는 것이다. 그리고 돌아서는 순간 포이즌Poison이라는 팻말이 눈에 들어왔는데, 독을 마셨다는 생각에 갑자기 창자가 녹아내리는 듯한 아픔에 급히 병원으로 옮겨졌다고 한다. 진찰한 의사가 껄껄 웃으며 '그 팻말은 프랑스어로 낚시금지Poisson X입니다'라고 하자, 그렇게 심하던 배의 통증이 순식간에 사라졌다는 얘기다.

아주 당연하다고 인식하고 있는 상식이나 그에 대한 믿음은 마음을 넘어 몸까지 지배한다. 이러한 현상을 위약僞藥 효과, 곧 플라시보 효과Placebo effect라 부른다. 약효가 전혀 없는 거짓 약을 진짜 약으로 속여 환자에게 복용하도록 했을 때 병세가 호전되는 사례가 이에 해당한다. 이 경우 의료 윤리가 쟁점으로 떠오를 수 있으나, 치유의 성과에 중점을 둔다면 그 위언僞言이 필요악일 수도 있겠다.

그리스 신화에 등장하는 조각가 피그말리온Pygmalion은 자신이 제작한 아름다운 여인상에 갈라테이아란 이름을 붙이고 그 여인상을 진심으로 사랑하게 된다. 그는 미의 여신 아프로디테에게 조각상과 같은 여인을 아내로 맞게 해달라고 빌었다. 여신은 그 진정성에 응답하여 조각상을 여인으로 만들어 주었다. 반드시 그렇게 되리라고 믿고 그것을 밀고 나가면 능률이 오르거나 결과가 좋아지는 현상을 피그말리온 효과라 부르는 유래다.

이에 관해 하버드대학 로버트 로젠탈Robert Rosenthal 교수가 1968년에 행한 현장 실험이 있다. 샌프란시스코의 한 초등학교에서 무작위로 20퍼센트 정도의 학생을 뽑아 우수한 학생들이라고 담임교사에게 주지시켰다. 8개월 후 측정을 해 보니 이들의 점수가 다른 학생들 보다 상승한 실험 결과를 얻을 수 있었다. 명단에 있는 학생들에 대한 교사의 기대와 격려가 그 원인이었다.

한 나라의 지도자는 어려운 탄식 가운데 있는 백성들의 눈에서 눈물을 닦아주고 앞날의 희망을 보여줄 수 있어야 한다. 그것이 비록 플라시보 효과이든 피그말리온 효과이든, 백성을 속이는 거짓말이 아니라면 미래의 방향을 희망을 가꾸는 데 두는 것이 옳다. 판도라의 상자 밑바닥에 희망이 남아 있다고 위무하기 보다는, 그것의 실천적 청사진을 눈앞에 들어 보여야 설득력이 있다. 마오쩌둥은 사회주의 혁명을 승리로 이끈 고난의 대장정 기간에, 중국 인민들에게 희망을 보여주고 그들을 일으켜 세움으로써 반전의 계기를 만들었다.

우리 역사에서 성군聖君으로 불리는 세종은, 26세에 왕위에 오르자마자 극심한 가뭄과 기아에 마주쳤다. 거리에 굶어 죽은 사람의 시체가 즐비하자 왕은 자신의 식량인 내탕미로 죽을 끓여 백성을 공궤했다. 자신은 궁궐 안에 초가를 짓고 거기서 잠자며 정무를 보살폈다. 이와 같은 감동이 희망을 불러왔고, 그의 치세는 태평한 시대를 열어갔다.

희망은 예정된 물질 외에 과외의 몫을 요구하지 않는다. 희망은 공짜다. 희망을 품게 하는 데는 돈이 들지 않는다. 2012년 대선 막바지에서 어느 후보가 포퓰리즘 복지 공약이 아닌 나라와 백성의 희망을 명료하게 보여주는지, 필자는 그에게 표를 던질 것이다.

현재Present는 선물Present이다

필자와 친분이 있는 어느 시인의 이야기다. 그의 아들이 미국에서 고등학교를 졸업하고 대학에 들어가기 위해 쓴 에세이의 제목이 '현재의 힘Power of Now'이었다는 것이다. 그런데 그 글의 문면이 고등학생의 생각으로는 매우 사려 깊고 진중했다. 글은 시인 아버지와 오랜 교유가 있었던 고故 법정 스님과의 대화에 대한 기록이었다. 아이는 이렇게 물었다. "스님께 세상에서 가장 소중한 것은 무엇입니까?"

스님이니, 그 대답은 불佛·법法·승僧 같은 3보三寶 쪽에 있을 줄 알았다. 그런데 스님의 답변은 전혀 딴판이었다. "내게 가장 소중한 존재는 바로 너다." 아이는 다시 물었다. "아니, 어떻게 스님께 제가 가장 귀한 존재인가요?" 설법과 문필에 두루 통하여 이미 세상에 이름을 널리 알린 스님은, 아이에게 차근차근 자신의 생각을 들려주었다. 지금 이 순간, 우주의 삼라만상 가운데 나는 너에게 집중하고 있으며 지금 내게 너보다 더 중한 것은 없다는 말이었다.

글을 쓴 아이는 미국 아이비리그의 명문 프린스턴 대학에 입학했다. 스님의 언표가 지금 여기, 현재의 힘임을 납득할 만한 수준의 아이라면, 다른 분야의 공부도 잘 했을 터이다. 일찍이 그리스의 극작가 소포클래스는 "내가 헛되이 보낸 오늘은 어제 죽어간 이들이 그토록 바라던 내일이다"라고 했다. 러시아의 문호 톨스토이는 "진정한 생활은 현재뿐이다"라고 단언했고, 프랑스의 철학자 볼테르는 "현재에서 미래가 태어난다"고 주장했다. 우리들 각자에게 그 냉엄한 현재는 공평하게 허락되어 있다.

미국에서 가장 존경받는 여성으로 손꼽히는 대통령 영부인 엘리노어 루즈벨트의 편지에는, 다음과 같은 유명한 구절이 있다. "어제는 히스토리이고 내일은 미스테리이며, 오늘은 프레젠트이다." 더글러스 태프트 전 코카콜라 회장이 어느 대학 졸업식에서 연설하면서 이 구절을 인용하고, 그러기에 우리는 현재Present를 선물Present이라 한다고 했다. 오늘의 우리는 과연 우리의 현재를 선물처럼 아끼며 살고 있는가를 반문하고 성찰해보아야 한다. 그것이 현재를 공평하게 가진 이의 책임이기 때문이다.

근자의 우리 텔레비전 드라마들 가운데는 역사공간으로의 시간이동, 곧 타임 슬립에 관한 이야기가 많다. 〈닥터 진〉, 〈옥

탑방 왕세자〉, 〈신의〉 등이 모두 그러한 드라마에 해당한다. 과거의 역사에서 현재에 필요한 교훈을 얻지 못하고 미래를 설계하는 준비단계로서의 현재를 갖지 못하면 안 된다는 함의含意, 그것이 이들 드라마 가운데 부지불식간에 잠복해 있다. 황석영이 공들여 쓴 대하소설 《장길산》은 조선조 숙종 연간의 장길산 반란 사건을 다루고 있으나, 그것이 새로이 각성을 요구하는 지점은 현대 정치사의 한복판이었다. 그래서 집필 도중 네 번의 강제 중단을 당했던 것이다.

현재는 우리 삶의 금과옥조다. 현재를 도외시하고 이룰 수 있는 것은 아무것도 없다. 과거의 추억에만 사로잡혀 있어서도 안 되고 미래의 꿈에만 의지해서도 안 된다. 각기의 인생이 무엇과도 바꿀 수 없이 존귀한 만큼, 각자에게 냉엄하고 공평하게 주어져 있는 현재를 잘 활용하는 지혜를 가꾸어야 옳다. 누구도 예상하지 못한 방식으로 세계를 석권하고 있는 싸이 신드롬은, 기실 그가 현대 대중문화의 매커니즘을 온몸으로 체득하고 거기에 능동적으로 반응한 결과다. 그는 남보다 한발 앞서 현재를 읽었다.

몇 달 후, 우리는 나라의 과거와 현재와 미래를 통시적으로 재평가할 중대한 선거를 치러야 한다. 대선 외에도 도지사와 교육감 선거도 있다. 과거의 인연도 미래의 약속도 현재의 평가를 위한 참고자료일 뿐, 근본적인 지표가 될 수는 없다. 그렇게 현재를 중시한다는 것은, 부차적인 조건에 눈 돌리지 않고 객관적이며 정확한 판단을 내놓아야 한다는 뜻이다. 좌고우면左顧右眄은 바로 그 현재의 명철을 돕기 위해 있는 용어이다.

다산 어록에도 다음과 같은 언급이 있다. “가버린 것을 좇을 수 없고 장차 올 것을 기약하지 못한다. 지금 눈앞에 있는 이것이야말로 세상에서 가장 큰 즐거움이다.” 그것은 시간관념이 깨어 있는 자의 즐거움을 일컫는다. 우리 생애를 두루 통하여 선물로 주어진 현재를, 선하게 관리하는 그 즐거움 말이다.

금 간 항아리

어떤 사람이 양 쪽에 항아리를 매달도록 만든 지게를 지고 물을 날랐다. 그 중 왼쪽 항아리는 금이 가 있었다. 우물에서 물을 가득 채워 출발하지만, 집에 오면 그 항아리의 물은 늘 반밖에 남지 않았다. 왼쪽 항아리가 주인에게 너무 미안해서 이렇게 요청했다. "주인님, 나 때문에 항상 같은 일을 두 배로 하게 되어서 죄송합니다. 나를 버리고 새것으로 쓰세요."

주인이 금 간 항아리에게 이렇게 말했다. "나도 네가 금이 갔다는 것을 안단다. 하지만 너를 바꾸지 않을 거야. 그동안 우리가 지나온 우물에서 집까지의 길 양쪽을 보아라. 오른쪽 길섶은 아무 생명도 없이 황무하지만, 왼쪽 길섶에는 아름다운 꽃과 풀이 무성하게 자라지 않았니? 비록 너는 금 간 항아리이지만, 너로 인해 많은 생명이 아름다움을 얻었구나." 이 우화는 완벽한 스펙을 추구하고 실제적 효율을 앞세우는 오늘날의 우리 사회에 매우 예리한 경종을 울려준다.

세상이 삭막하게 되는 것은 너무 완벽한 사람들 때문이다. 일찍이 영국 수상 처칠은 국회에서 완벽한 연설을 한 어느 초선 의원에게, "다음부터는 좀 더듬거리게나"라고 충고했다. 고대 그리스의 철학자 플라톤은 행복의 조건으로 다섯 가지를 들었는데, 이는 다음과 같다. 생활에 조금 부족한 재물, 칭찬에 조금 못 미치는 용모, 절반밖에 알아주지 않는 명예, 한 사람을 이기고 두 사람에게 지는 체력, 그리고 청중의 절반만 박수치는 연설 실력이 그것이었다.

모두 약간 모자란 상태를 미덕으로 생각하는 표현법들이다. 그런데 그 모자람이 단순한 부족이나 결핍에 그치지 않고 겸손하고 자족하면서 빈자리를 채우려는 자기 계발로 이어질 때, 기적 같은 일들이 일어난다. 15세기의 '성군' 세종은, 왕세자로서 조선조 역사상 가장 짧은 제도권 교육을 받았다. 아버지인 태종은 세자 책봉 52일 만에 왕위를 물려주었고, 이 짧은 기간이 통치력의 규격화를 막고 세종의 창의성을 한껏 발양했다. 반면에 연산군은 가장 오래 세자 교육을 받았으나 그 장기간의 보람이 전혀 없었다.

스펙이 모자라기로 하면, 우리가 '성웅'이라 부르는 이순신 장군만 한 이가 드물다. 몰락한 역적의 가문, 과거 첫 시험에 낙방하고 32세의 늦은 나이에 급제, 14년 동안 변방 오지의 말단 수비 장교, 상관들과의 불화로 불이익과 파면, 고질적인 위장병과 전염병의 고통이 그의 것이었다. 뿐만 아니다. 나라가 누란의 위기에 처한 후 47세에야 제독이 되고, 스스로 농지를 갈아 군자금을 만들었으며, 임금의 의심으로 공을 빼앗기고 옥살이를 했다. 빈손으로 돌아온 전장에서 12척의 낡은 배로 133척의 적선을 맞았으며, 스무 살의 아들을 적의 칼날에 잃고 마지막 전투에서 죽음 앞에 섰다.

그러나 이순신 장군은 그 모든 모자라는 것을 차고 넘치는 것으로 이끌었다. 오히려 모자랐기 때문에 얻을 수 있었던 기적 같은 일들이었다. 이 엄연한 역사의 진실을, 계산이 재빠르고 영악이 넘치는 오늘의 세태와 견주어 보면 시사하는 바가 참으로 크다. 지금 우리 눈앞에 다시 펼쳐지고 있는 선거의 계절에 있어서도, 이 고색창연한 교훈은 여전히 그 효용성이 빛난다. 그것을 수납할 수 있는 지도자는, 이를 볼 수 있는 눈과 들을 수 있는 귀를 가진 사람이다.

정권 출발 초기부터 많은 국민이 이명박 정부에 이질감을 느낀 이유 중 하나는, 각료와 비서진이 지나치게 부유하다는 사실이었다. 정권 말기에 이르러 친인척과 측근 비리로 얼룩진 결과를 낳은 것도 그 구도와 무관하지 않다. 지난 일이지만, 노태우 후보가 자신을 '크게 어리석은 사람'으로, 노무현 후보가 자신을 '바보 노무현'으로 묘사했던 전례를 기억할 필요가 있다.

우리 옛말에 등 굽은 소나무가 선산을 지킨다고 했다. 국민의 지지를 받아 대통령이 되기를 원하는 후보는 이 모자람의 법칙을 익혀야 하되, 외형적인 모양으로서가 아니라 그 속에 담긴 진정성으로 해야 한다. 사람됨의 그릇에 대한 판단 또한 그러하다. 금 간 항아리 같은 결점 뒤에 보석 같은 국량局量이 숨어 있을지도 모르기 때문이다.

명품은
우리 안에 있다

얼마 전에 '샤테크'라는 듣도 보도 못한 용어가 연일 매스컴의 표면에 떠올랐다. 인천공항이 '샤넬 주의보'로 몸살을 앓고 있다고 한다. 샤넬 브랜드의 명품 핸드백이 너무 잘 팔려서 중고품도 가격이 떨어지지 않으므로, 가격이 인상되기 전에 사두면 큰 차익을 볼 수 있다는 일종의 재테크 때문이다. 핸드백 1개의 가격이 수백만 원에 이르고 보면, 금전적 이익을 모든 일의 우선순위에 두는 사람들의 표적이 될 만하다.

왜 이토록 물질만능주의의 표본과 같은 현상이 사회적 이슈가 되는 것일까? 정말 명품 핸드백을 들지 않으면 존중받는 명품 인물이 되지 못한단 말인가? 그리고 거기에 밀반입과 같은 탈법을 예사로 동원하는 형편이고 보면, 우리 사회 일반의 건전한 상식과 균형 있는 교양에 있어 어딘가 병이 나도 단단히 난 듯하다. 가진 것이 많지 않아도 청빈을 귀하게 여기고 외형적 삶보다 인간의 올곧은 정신에 존중의 예를 다하던 오랜 미풍양

속은, 이제 정말 구시대의 유물로 전락해버렸단 말인가?

문제는 각기의 사람을 두고 명품에 현혹된 이와 그렇지 않은 이로 일도양단一刀兩斷할 수 없다는 데 있다. 허영과 허위의식은 인간의 가슴속 깊은 자리에 매우 은밀하게 파고드는 교활성을 가졌다. 그러기에 톨스토이는, '허영심이라는 것은 인간의 본성에 깊이 파고드는 것이므로 매우 통절한 비애일지라도 이 감정을 쫓아내기는 힘들다'고 《유년시절》에 썼다. 이를테면 우리 모두가 꽃은 아름다우나 열매를 맺을 수 없는 이 허영의 유혹으로부터 자유롭지 못하다는 말이다.

명품을 가졌다는 사실 자체가 나쁘다고 할 수는 없을 터이다. 미상불 필자 자신을 포함하여 누구나 그런 것을 한두 개씩 갖고 있기도 하다. 물건에는 마음이 없다. 그 물건을 가진 사람의 마음에 따라, 물건의 주인이 되기도 하고 노예가 되기도 한다. 그러므로 인간으로서의 체신과 통어력을 지키는 금도襟度가 있어야 한다는 뜻이다.

자신의 삶에 자신감이 있는 사람, 스스로 신념에 충실한 사람에게 이 외화내빈外華內貧의 멍에는 덧씌울 공격의 자리를 찾기 힘들다. 자기 관리에 엄격한 사람도, 일정한 한계를 넘으면 진정한 기쁨을 앗아갈 이 감정에 휘둘리지 않을 것이다. B. 러셀이 《행복의 정복》에서 '자신감이 없는 데서 허영이 생긴다'고 한 것은 바로 그 때문이다. 작지만 단단한 자기 세계, 화려하지 않아도 소박한 자신만의 꿈이 있는 사람은 마침내 세간의 존중을 받는다. 우리 사회도 허영의 세태를 타매만 할 것이 아니라, 그것을 넘어서는 보람과 가치를 적극적으로 개발하고 권장하는 것이 필요하다.

오늘날 우리의 국격과 상품이 굳이 외국의 명품을 탐색해야 할 만큼 뒤쳐진 수준에 있는 것도 아니다. 분야마다 사정이 다르겠지만, 유럽이나 미주의 큰 도시 공항에 내리면 가장 먼저 눈에 들어오는 것이 삼성과 LG의 광고탑이다. IT 세계 최강국에 여러 산업 및 스포츠 종목에서 한국의 실력은 눈부신 진전을 이루었다. 한반도의 허리가 갈라진, 인구 5천만 명에 못 미치는 조그마한 나라, 내세울 부존자원이 없어 사람만이 재산인 나라가 세계 무역 교역량 10위 부근에 이르렀으면 민족적 자부심을 가질 만도 하다.

운송 기업에서 오래 일하다가 지금은 미국에 살고 있는 지인이, 미국 속의 진정한 한류는 40년 전 하늘길이 열리면서부터인 것 같다는 이메일을 보내왔다. 그는 미국 내 한국 물류의 이동, 곳곳에 뿌리내린 한인공동체의 형성 등이 이 시대에 어떤 의미를 갖는 것인지 설득력 있게 일러주었다. 유럽에 연착륙한 K팝의 아이돌 스타들이, 저 옛날 서구 대중문화 스타들의 방한 때 보인 한국민의 열광과 대비되어 새로운 가능성을 점치게 한다.

진정한 명품은 우리 가운데 있고 더 핍진한 의미로는 우리 마음속에 있다. 외형의 미적 감각이 나타내는 부분적 차이에 인격을 거는 사고방식으로는, 유한한 삶의 여정에 진정 아끼고 지켜야 할 덕목의 핵심에 근접할 수 없다. 그렇게 겉보기의 화려를 좇아 살기로 한다면 말릴 길이야 없겠지만, 언젠가 우리의 인생을 냉정하게 결산할 때가 온다는 사실을 기억해야 한다. 중요한 것은 훌륭한 옷이 아니라, 옷 안에 숨어서 마침내 낭중지추가 될 명품의 사람이다.

사람됨이 관건이다

신정아의 자전적 기록 《4001》로 연일 온 나라가 시끄럽다. 이 책으로 인해 두 번 죽는 사람도 생기고 사실 여부를 떠나서 전직 총리는 할 말을 잃게 됐다. 신 씨 본인은 얼마나 자기 카타르시스가 수행되었는지 몰라도, 세간의 이목이 집중되는 일이 결코 편안할 리 없다. 재미있는 사실은 이 사건과 관련된 인물 모두가 자신을 피해자라고 생각하며, 스스로를 반성적으로 성찰하는 분위기가 없다는 점이다.

유사한 사례가 1996년에도 있었다. 이른바 린다 김 사건인데, 그를 로비스트로 고용한 미국 응찰업체가 백두사업이라는 국방부 무기도입에 최종 사업자로 선정되었다. 그 과정에 부적절한 관계를 이용해 고위 인사들에게 로비를 했고 당시 국방장관은 그것을 시인했으며, 애정고백의 편지까지 공개되었다. 아무리 죄가 무거워도 중인의 눈앞에 공개되지 않고 최소한의 위신과 더불어 감추어져야 할 것이 있다면, 이는 내밀한 마음의 움직임이요 그 속에 담긴 '인간'일 터이다. 린다 김과 신정아는 이것을 지키지 못했다.

중국 춘추전국시대의 채택蔡澤은, 연나라 사람으로 고향에서 불우하게 살았으나 진나라 재상이 되어 크게 출세한 인물이다. 그는 자기 앞의 재상이었던 범수范雎에게, 공을 세운 후에는 물러나는 것이 최상의 도라고 설득하여 사퇴하게 한 후 다음 재상이 되었다. 나중에 그도 스스로 물러나 평안한 말년을 보냈다. 달도 차면 기운다는, 월만즉휴月滿則虧의 유명한 언사는 바로 그의 것이다. 사마천의 《사기열전》 가운데 범수채택열전范雎蔡澤列傳에는, 범수와 채택 두 사람의 이야기가 대화체를 동원하여 매우 상세하게 기술되어 있다.

채택이 아직 입신하기 전에 배운 바를 유세하며 벼슬을 얻으려 제후들을 찾아다녔으나 뜻을 이루지 못했다. 그래서 당대의 소문난 관상가 당거唐擧에게 관상을 보러 갔는데, 당거는 '코가 낮고 어깨는 높이 솟았으며 이마는 튀어나오고 다리가 휘었다'며 좋은 말을 하지 않았다. 채택은 다시 남은 수명을 물었고, 당거는 43년이라 대답했다. 채택은 그로써 족하다고 생각하고 거리낌 없이 스스로의 길을 갔다. 그의 출세와 노년의 안락을 염두에 두고 보면, 인간의 지혜와 통계학으로서는 알 수 없는 보다 근본적인 어떤 것, 곧 굳건한 마음의 바탕이 운명을 극복한 사례를 목도하는 것 같다.

이 열전의 말미에 사마천은 이렇게 적었다. '선비는 우연히 때를 만나는 경우가 있다. 이 두 사람 못지않은 재능을 가지고도 그 뜻을 이루지 못한 사람은 이루 말할 수 없이 많다. 그러나 이들도 어려운 때가 없었다면 떨치고 일어나지 못했을 것이다.' 마치 나라가 부서져 산하를 떠돌았던 두보가, 그러므로 절편의 방랑시들을 남길 수 있었던 사실과 유사하다. 거기에다 채택은, 마음의 됨됨이도 좋았지만 결정적으로 중요한 때에 욕심을 비울 줄 알았다. 역사의 전면에 등장한 많은 사람들이 얼마나 많이 소탐대실의 우를 범하며 그로 인해 천추의 한을 남겼는지, 그 예증이 오래 묵은 기록들의 행간에 지천으로 널려 있다.

이 함정에 침몰되지 않는 힘은, 결국 관상의 예정론을 넘어서는 심상心相의 진실성에 있다는 뜻이 된다. 오늘날 우리 사회의 너무도 많은 원칙과 제도들이 외형의 성과를 중시하고 그 내면의 사람됨을 경홀히 대하는지 알 수가 없다. 모든 세상의 경영이 사람으로부터 말미암는다고 해서 '인사는 만사'라는 말이 있으나, 그 인사를 공정하고 균형성이 있도록 객관적으로 운용하는 경우는 드물다. 특히 파벌주의나 관계성에 이끌린 결정을, 오히려 인정과 인간미가 있는 처사로 수긍하는 한국적 풍토에서는 더욱 그러하다.

21세기를 화려하게 장식하고 있는 물질문명의 첨단이 그 편의성이나 오락성을 앞세워 아무리 광범위하게 우리 삶의 현장을 점령하고 있다 할지라도, 궁극적으로는 자발적 의지에 바탕을 둔 건실한 사람됨의 문제를 간과하고 넘어갈 길이 없다. 올곧은 사람됨이야말로 인생의 마지막 결산에 있어서 가장 값비싼 자산이요 최후의 보람을 담보하는 통로이다.

그런데 우리는 얼마나 자주 이 간단명료한 원리를 망각하고 사는지 모른다. 우리 사회의 갈등과 분란을 불러오는 모든 요인은, 대개가 삼척동자도 알고 있는 이 기본을 외면하거나 경시하는 데서 발생한다. 그러기에 지금은 다시 채택의 자기관리와 금도襟度가 말하는 '사람'의 숙제를 되새길 때이다.

창의력이 희망이다

1974년 7월 어느 일요일, 섭씨 40도가 넘는 더위가 모래 먼지와 함께 사람들을 괴롭히는 미국 텍사스의 조그마한 시골 마을 콜맨에서의 일이다. 사위인 제리가 딸 베스와 함께 '여름 손님'으로 방문했는데, 무기력하게 모여 앉아 있는 답답함을 견디다 못해 장인이 '애벌린에 다녀올까'라고 제안했다. 콜맨에서 1백 킬로미터나 떨어진 곳, 식당도 별로 좋은 데도 없고 에어컨이 시원찮은 차로 흙먼지 속을 헤치고 가야 하는데……. 그러나 아무도 반대하지 않았다.

4명의 가족은 살인적인 더위 속에 3시간이나 사막 길을 달려 애벌린에 도착하여, 시설이 시원찮은 식당에서 맛없는 음식을 먹었으며, 다시 3시간 동안 아무런 의욕도 없이 황폐한 길을 되짚어 기진맥진한 채 콜맨으로 돌아왔다. 돌아와 말을 맞추어 보니, 정말 애벌린에 가고 싶어 한 사람은 아무도 없었다. 아무 말도 없이 둘러앉은 어색한 분위기를 바꾸려고 한 장인의 제안을, 모두 서로를 배려한다고 생각하고 수용했던 것뿐이었다. 이들은 마음속의 말을 아끼고 별로 가치도 없는 타성을 따라 휴일을 함께 망쳤다.

이 이야기는 미국의 저명한 경영 컨설턴트이자 조지워싱턴대학 교수였던 제리 하비 박사가, 자신의 저서《애벌린 패러독스Abilene Paradox》에서 창의력을 배제한 지나친 배려나 인정주의가 공동체에 끼치는 해악, 곧 합의 도출의 모순 사례로 적시한 것이다. 우리는 누구나 이와 같은 경험의 기억을 한두 가지씩 갖고 있다. 한국 사회처럼 혈연·지연·학연으로 묶인 공동체에서는, 피해 가기 어려운 애벌린 패러독스의 함정이 도처에 널려 있는 형국이 된다.

2003년 가을, 하버드대학의 컴퓨터 천재 마크에게 비밀 엘리트 클럽의 윈클보스 형제가 하버드 엘리트들만 교류하는 '하버드 커넥션' 사이트 제작을 제안한다. 이 과정에서 힌트를 얻은 마크는 획기적인 인맥 교류 사이트 '페이스북'을 개발, 삽시간에 세계를 석권한다. 마크는 기업가치 58조원을 창출한 세계 최연소 억만장자가 된다. 하지만 윈클보스 형제를 비롯한 동참자들과의 소송에 휘말리고 아이디어 전쟁도 시작된다.

이것은 페이스북의 창시자 마크 저커버그를 소개로 한 실명 영화 〈소셜네트워크〉의 줄거리이다. 창의적 아이디어로 부와 명성을 함께 얻은 현대판 신화를 다룬 이 영화는 아카데미상의 편집·각색·음악 등 세 부분을 수상했다. 지금 우리가 눈앞에 보고 있는 아랍권의 지각변동, 이집트의 무바라크를 축출하고 리비아의 카다피를 절벽으로 몰고 있는 힘은, 군사적 압박 이전에 소셜네트워크서비스SNS가 부양한 시민 봉기부터 비롯되었다. 한 젊은이의 창의력이 세계사 변혁의 단초를 이룬 사례이다.

세상 사람들의 대다수가 분별없이 편의와 향락의 저잣거리를 향해 달려가는 것처럼 보일지라도, 실제로 세상을 움직이는 힘은 그처럼 무책임하고 경박한 자리에 있지 않다. 활자매체와 문자문화가 퇴색하고 전자매체와 영상문화가 시대의 길목을 점령한 것처럼 보일지라도, 여전히 지식의 근본에 대한 목마름과 삶의 진실한 가치를 추구하는 정신은 깨어있다. 그러한 정신이 자기갱신을 거듭하면서 세상의 미래를 밝히는 저력은 곧 창의적인 사고와 개방된 세계관으로부터 온다.

필자가 일하는 대학의 부서에서는 매주 월요일 점심시간에 구성원들이 돌아가며 발제하는 독서토론회를 연다. 책 읽기, 깊이 생각하기, 창의적으로 발상하기가 여러모로 어려운 환경을 자발적으로 넘어서 보자는 뜻에서이다. 업무의 성격이 새로운 시각을 요구하는 것이기도 하지만, 더 중요하게는 우리 내부에 숨어있는 잠재력을 깨워 작동할 통로를 열자는 의도이다. 작가 김영하는 언젠가의 강연에서, 이런 방식을 두고 의식의 지하실에 갇혀 있는 '괴물'을 이끌어 내는 일이라고 표현했다.

우리의 삶은 큰 부피의 모양만으로 이루어지지 않는다. 기실 작고 소박한 삶터에 더 소중한 진정성이 숨어 있기도 할 것이다. 그러나 동시대의 거시적 물결을 바라보면서 스스로의 눈을 밝히고 꿈을 키우는 경각심을 잃어서는 안 된다. 별다른 부존자원도 없이 남북으로 갈라진 상황에서, 사람만이 자산인 나라가 시대를 앞서가는 창의력 없이 버틸 수는 없다. 하나의 생각, 한 권의 책, 한 인물과의 만남에서 얻을 수 있는 창의적 정신은 누구에게나 판도라의 상자에 끝까지 남은 희망이 될 수 있다.

함께 나누는 손길로

- 마음에 잠복한 선한 의지를 깨우자
- '견딜 수 없는 고통'의 반대말은
- 눈물은 나누고 희망은 지키고
- 선을 쌓은 곳에 경사스러운 결과가 있다
- 생명을 살린 아름다운 손길
- 감동이 있는 삶
- 공룡과 빗물
- 편작의 마음을 가진 리더
- 농어촌에 희망을 주는 문학이 가능할까
- 참된 감동은 세대를 넘는다

마음에 잠복한 선한 의지를 깨우자

2014년 6월에 치러진 전국 동시 지방 선거와 교육감 선거에서 국민에게 표를 달라는 보수와 진보 양 진영의 행태는, '솔로몬의 재판'에 등장하는 두 여자의 자기주장을 닮았다. 두 진영은 자기가 나라의 미래를 책임질 적임자라는 주장을 촌보도 포기하지 않았다. 더욱이 아이를 위해 자기주장을 포기하는 생모의 태도도 없었다. 다시 말해 아이가 나라라면 좋은 어머니 같은 정당이나 진영은 끝까지 없었다는 말이다.

어느 쪽이 더 나라를 사랑하고 존중하는지 판단하기가 어려웠다. '세월호'라는 블랙홀에 휘말린 선거판이라 객관적이며 합리적인 평가를 적용하기도 어려웠다. 어느 쪽이 진짜 모성애를 가진 생모인지, 또는 생모가 아닐지라도 어느 쪽이 진짜 아이를 더 사랑하는 어머니인지 종잡을 수가 없었다.

그런데 놀라운 사실은 4천만이 넘는 국민의 마음이 모인 표심의 향배다. 선거 때마다 늘 그래왔듯이, 국민 대다수의 요구를 마치 몇 사람이 의논해서 도출한 결론처럼 명료하게 피력했다. 그것은 정당이나 진영의 논리를 앞세울 것이 아니라, 정말 나라를 위해 일할 일꾼의 진정성, 그 속마음에 후한 평점을 내는 결과였다. 국민은 여에 책임을 묻고 야에 경고를 보내고 교육은 혁신을 요구했다.

이렇게 무서운 재판관이 곧 국민이다. 그런데 국민이 재판만 하고 있을 수는 없는 일이다. 한 나라나 민족의 삶이 이루는 총체적 모습, 그것이 감당해야 하는 공동체적 책무가 구성원들의 오래고도 지속적인 노력에 기대어 있기 때문이다. 우리는 이러한 삶과 삶 의식을 총칭하여 문화라 부른다. 두 여자의 아이 다툼과 같은 현실을 앞에 두고 정치적 해법으로 이를 온전히 풀기는 어렵다. 그래서 문화 양극화 해소라는 과제가 부상하는 것이다. 생각이 달라지면 행동도 달라지고, 여러 사람의 달라진 행동은 시대의 대세를 결정한다. 한 시기의 시대정신은 그와 같은 과정을 통해 형성된다.

우리 사회에 편만해 있는 여러 유형의 양극화 문제를 해소하기 위해서는, 그 노력의 바탕에 생모와 같은 진정성, 더 나아가서는 생모의 그것을 능가하는 참된 사랑의 정신이 수반되어야 한다. 겉으로 꾸민 노력이나 사랑은 지속성을 갖지 못하며, 먼 길을 가기 전에 쉽사리 들통이 나기 마련이다. 이 진정성의 본질적 원리가 확립된다면, 변전하는 시대의 여러 현상을 두고 그 갈피를 잡거나 해소 방안을 구현해 나가는데 처리하기 어려운 아포리아를 직면할 리 없다. 문제는 이 원칙적인 명제를 자기 편의를 위하여 외면하거나 아니면 거기에 진심으로 집중하지 않는데 있다.

주지하다시피 양극화란 물질적 정신적 영역에 있어 계층적 격차가 벌어지고 그로 인해 구분 및 분할된 양측에 적대적인 관계가 형성되는 사태를 말한다. 자본가와 노동자, 대기업과 중소기업, 부유층과 저소득층, 중앙 집중의 인프라와 지방화, 지적 우월성 집단과 저학력 집단, 고급문화 향유자와 문화적 소외계층 등 다양다기한 양태가 그 구체적 세부를 이루고 있다. 이 대립구도를 완화하고 조화로운 균형성을 도입하여 사회발전의 에너지를 창출하는 일은 어렵고 복잡하다. 사안과 사례에 따라 접근 방식과 해결 방안도 천태만상일 수밖에 없다. 그래서 다시 원칙론으로 돌아가야 하는 것이다.

거듭 말하지만 생모의 사랑과 같은 그 진정성의 마음가짐이 없으면, 백약이 무효이다. 어떤 정책도 지원도 배려도 향수자의 마음을 움직이지 못하면, 양극화의 일도양단 흑백논리를 파쇄하지 못한다. 농어촌에 문화생활을 보급한다든지 중앙의 지원으로 찾아가는 문화행사를 기획한다든지 할 수 있으나, 이 선의들이 자칫 궁벽한 환경에 있는 문화 소외자들의 자존심을 다치게 할 우려도 있다.

그래서 나누는 것도 중요하지만 그 시행의 방법을 잘못 가져가면 가만히 있는 것보다 못할 수도 있는 터이다. 때로는 형식이 내용을 규정할 수도 있는 법이어서, 방법이라는 그릇이 온당하지 않으면 그릇에 담긴 내용으로서의 음식이 종내 맛을 얻기 어려운 이치이다. 이때의 형식과 내용은 균형과 조화를 통해 상승작용을 일으킨다.

우리 사회에는 3백만 명이 넘는 저소득층, 160만 명의 장애인, 420만 명의 노인층 등 1천여 명이 소외계층으로 분류되어 있다. 이들의 삶의 질을 논의할 때 당연히 양극화 현상이란 개념이 뒤따르겠지만, 그 통계수치화될 수 있는 물리적 계산 외에 계산으로 상정될 수 없는 문화적 상황이 더 심각한 결과를 초래할 수 있다. 문화적 차원에서 반복적 경험을 통한 창의성 개발, 자긍심 고취의 기회가 공여되지 않는다면, 그로 인한 개인과 계층과 지역별 삶의 불평등 구조가 고착화 될 수 있는 까닭에서이다. 소외된 이들을 위한 문화 나눔, 문화예술 교육, 문화 서비스 등이 보다 적극적으로 또 전방위적으로 시행되어야 한다.

옛 현인들은, 사람이 평상시에 양선養善을 하지 않으면 반드시 양악養惡을 한다고 일렀다. 예컨대 문화 나눔에 있어서 단순히 예정된 궤도를 따라 주어진 책임을 다하는 형태로서가 아니라, 자신이 가진 문화적 재능을 기부하고 그것이 수용자에게 적절하게 흡수되어 새로운 역량으로 발아되기를 도우는 형태, 자발적이고 적극적인 양선의 형태가 되도록 해보자는 것이다. 그 양선에 참된 마음의 선의가 없다면, 성과는 있을지언정 감동은 없다.

우리 사회가 보이는 양극화 현상의 주된 원인은 소득의 양극화에서 기인하는 것이지만, 그렇다고 그것이 가장 중요한 것은 아니다. 말의 길이 끝나는 곳에 마음으로 가는 길이 있듯이言語道斷 心行處, 우리 마음속 저 밑바닥에 잠복해 있는 선한 의지를 깨우는 것이야 말로 양극화 문제 해소의 지름길이 아닐까 한다.

'견딜 수 없는 고통'의 반대말은

영국의 거부였던 피츠제럴드라는 사람의 이야기다. 그는 하나뿐인 아들이 열 살을 갓 넘겼을 때 아내를 잃고, 정성을 다해 아들을 돌보았다. 그러나 그 아들 또한 병을 앓다가 스무 살이 되기 전에 세상을 떠났다. 혼자 남은 그는 거장들의 예술작품을 수집하며 가족을 잃은 슬픔을 잊으려 애썼다. 세월이 흘러 피츠제럴드 자신도 병으로 죽게 되었는데, 마지막 순간에 유언장을 쓰고 거기에 자신의 재산을 어떻게 처분할 것인가를 밝혀 두었다.

유언장에 의하면 그의 모든 소장품은 경매에 내놓게 되어 있었다. 그 값어치는 수백만 파운드에 달했고 분량에 있어서나 가치에 있어서나 세상의 이목을 집중시키기에 충분했다. 경매 시작 전에 참가자가 관람할 수 있도록 전시되었는데, 그때부터 많은 사람들이 모여 들었다. 그 전시 작품 가운데 별로 눈에 띄지 않는 보잘것없는 그림 한 점이 있었다. 그것은 지방의 어느 무명 화가가 피츠제럴드의 요절한 아들을 그린 것으로 '내 사랑하는 아들'이란 제목이 붙어 있었다. 이 그림이 맨 먼저 경매에 나왔으나 아무도 입찰하려 하지 않았다.

얼마간 시간이 흐른 다음, 뒷자리에 앉아 있던 초라한 모습의 한 노인이 손을 들고 조용히 말했다. "제가 그 그림을 사면 안 될까요?" 경쟁자가 아무도 없었으므로 그림은 자신이 가진 많지 않은 돈 전부를 건 그 노인에게 낙찰되었다. 노인은 피츠제럴드의 아들을 어릴 때부터 돌보았던 하인이었다. 첫 경매가 끝나는 순간, 유언의 집행을 맡은 변호사가 다음 진행을 중지시켰다. 그리고 큰 소리로 유언장을 읽었다. "누구든지 내 아들 그림을 사는 사람이 모든 소장품을 가진다. 이 그림을 선택한다면 그는 가장 소중한 것이 무엇인지 아는 사람이니, 모든 것을 가질 충분한 자격이 있다."

피츠제럴드의 예화는 우리 삶에 많은 것을 시사하지만, 무엇보다도 인생의 진실한 가치가 어디에 있으며 그것이 보람을 갖도록 안배한 지혜가 어떻게 드러나는가를 보여준다. 세월이 흘러 지금 홍왕한 것들이 빛을 바랠 즈음이면, 겉보기에 좋은 호의가 아니라 작고 소박하지만 진실한 항상심이 제값을 내기 마련이다. 그런데 이 명료한 삶의 방정식이 온전하게 작동하도록, 그리하여 그 소중하고 귀한 마음의 소유자가 보답을 받을 수 있도록 예비한 자리에 피츠제럴드의 지혜가 있었다. 그의 지혜는 하루아침에 습득된 것이 아니라, 곤고한 가족사의 아픔을 견디며 그 세월의 축적 가운데에서 패각 속 진주처럼 힘들게 생성된 것이 아닐까 싶다.

슬픔과 아픔의 모양은 다르지만 이 고통스러운 생애의 터널을 헤쳐 나온 피츠제럴드의 경험을, 전국 동시 지방선거로도 넘어설 수 없는 세월호의 비극을 감당하는 데 참고로 했으면 좋겠다. 유가족이나 국민이 모두 슬픔에만 잠겨 있을 수는 없는 일이다. 강을 거슬러 헤엄치는 이가 그 강물의 세기를 말할 수 있다. 흐르는 강물을 잡을 수 없고 멈추게 할 수 없다면, 마음의 폭을 넓혀 바다가 되어서 기다릴 수밖에 없다. 피츠제럴드는 그 아들을 소중히 하기 위해, 일생을 두고 생각을 다듬고 벼리어 먼 나중을 감리하는 지혜를 발굴했다.

우리 또한 그 많은 눈물의 끝자락에서도 지워지지 않을 아이들을 기리기 위하여, 장차 무엇을 할 수 있을지 다시 생각해 보아야 한다. 그래야 새 힘과 의욕을 얻을 수 있다. '견디기 힘든 고통'은 '견딜 수 없는 고통'의 반대말이다. 견디기 힘들지만 견뎌야 하고 그러한 마음가짐일 때 견딜 수 있다는 뜻이다. 세상의 곳곳에 '그렇기 때문에'가 아니라 '그럼에도 불구하고'라는 방식으로 대응해야 할 일이 있다. 그것은 현실적 어려움을 정신적 승리로 딛고 일어서는 길이다.

눈물은 나누고 희망은 지키고

세월호는 아직도 진도 앞 찬 바다 속에 가라앉아 있다. 수백 명의 죄 없는 여린 생명들을 무참히 앗아간 말도 안 되는 재난을 바라보면서, 온 나라가 정신적 공황 상태로 침윤했다. 혼자만 살겠다고 배를 버리고 먼저 탈출한 선장, 그와 별반 차이 없는 무책임한 선박직 선원들, 초동 대응에 무능하고 갈팡질팡했던 정부와 공직자들, 배가 위험해질 수밖에 없도록 내몬 경영자 선주와 감독기관, 총체적 부실을 개선하지도 보완하지도 못한 규정, 제도, 사회의식들.

어느 것 하나 제대로 된 대목이 없었다. 이러니 우리 사회가 아직 후진하다는 오명을 떨쳐버릴 겨를이 없다. IT 세계 최강을 자랑하고 조선 산업 규모가 세계 최대임을 내세우던 그 위세가 오히려 부끄럽게 되었다. 18년을 고이 키운 자식이 눈앞에서 수장당하는데 속수무책으로 발만 굴러야 했던 부모들의 가슴이 어떠할까. 모두 내 자식 같아서 함께 울며 밤을 밝히는 사람들에게, 들려오는 것은 어디서 무엇이 잘못됐느냐는 비난뿐이다.

일제 강점기의 그 암울하던 시기, 우리말과 글조차 빼앗겼던 시절에, 우리 민족은 나라를 되찾는 날이 올 수 없을 것 같은 절망과 좌절을 거쳤다. 하지만 그 불모의 때에도 언제 올지 모르는 광복을 염원하며 빛나는 문필을 남겼던 저항 시인들이 있었다. 이육사, 윤동주, 심훈, 한용운, 이상화, 김광섭. 더 있을까? 없다. 하도 답답하니 '항일 저항시인 7인집'에 김소월을 넣기도 한다. 글을 쓰는 행위 자체가 곧 친일을 의미하던 날에, 생명의 안위를 걸고 회생의 꿈을 노래한 이들이 있었기에 우리는 그 시대의 삶과 문학을 소중히 할 수 있었다.

세월호 참변을 바라보면서 아무것도 할 수 없는 무력감과 먼저 산 세대로서의 죄책감에 사로잡혀 있을 때, 문득 이 저항 시인들이 남긴 시의 여러 문면이 떠올랐다. 그렇다. 이들의 슬프고 아픈 자기희생이 있었기에, 오늘의 우리가 민족적 자존심을 누리며 살고 있는 것이다. 그러고 보니 세월호 비극의 그림자 속에 못되고 나쁜 인간만 있는 것이 아니라, 스스로 목숨을 던져 살신성인의 수범을 보인 영웅들이 있었다. 그것은 암담한 어둠의 터널에서 밝은 빛줄기가 인도하는 희망과도 같았다.

정차웅 군과 양온유·김주아 양. 먼저 탈출할 수도 있었으나 다른 친구들을 구하려다 희생된 학생들이다. 남윤철·최혜정·고창석 교사. 마지막까지 제자들의 구조를 돕다가 정작 자신은 배에서 빠져나오지 못한 분들이다. 박지영·정현선 승무원과 김기웅 아르바이트 직원. 학생들을 먼저 내보내고 끝까지 남아 공익의 사명이 무엇인지를 증명했다. 양대홍 사무장. 아내와의 마지막 통화에서 아들의 학비를 걱정하며 학생들을 구하러 가야 한다고 서둘러 통화를 마친 올곧은 선원이었다. 또 있다. 최덕하 군. 부모에게 드리는 마지막 전화를 미루고 소방본부에 최초로 신고해 구조선과 헬기를 보낼 수 있게 했다.

이들이야말로 진정한 영웅이며, 따라서 길이 기념하고 기려야 한다. 뿐만 아니다. 자원 봉사자로 현장에서 정성을 다하는 사람들, 추모의 꽃과 노란 리본을 들고 진심으로 애도를 표하는 사람들, 내 집안일처럼 함께 아파하며 슬픔을 나누는 사람들. 이들이 미개해 보이는가? 이 잘못된 사회제도를 운영한 지도자들의 의식은 미개할지 모르나 국민은 과거 역사의 교훈을 배우면서 이렇게 성숙했다. 그러기에 희망이 있다. 그 희망의 긍정적인 힘으로 천지간이 무너진 유가족들을 위로하고 다시 일어설 수 있게 해야 한다. 우리는 다시 일어서야 한다.

일찍이 고려의 시인 정지상은 칠언절구의 명편 '송인送人'에서, 해마다 이별 눈물 보태는 바람에 대동강 물이 마를 리 없다고 적었다. 우리 모두 함께 눈물을 나누며 울되, 희망을 잊지는 말아야 한다. 채 피지도 못한 꽃봉오리로 유명을 달리한 우리 아이들이, 하늘나라에서라도 밝게 웃을 수 있도록.

선을 쌓은 곳에 경사스러운 결과가 있다

아주 오래 전 어느 추운 겨울날, 영국 런던 다리에서 있었던 일이다. 한 노인이 바이올린을 켜며 행인들에게 구걸하고 있었다. 그러나 지나가는 사람들이 아무도 거들떠보지 않았다. 한 외국 사람이 지나가다 이 광경을 바라보더니, 그 노인이 너무 초라하고 불쌍하게 여겨졌는지 가만히 다가가서 바이올린을 좀 만져보자고 했다. 노인은 그렇잖아도 손이 시렸던 차라 잘됐다 싶어서 낡은 바이올린을 그에게 건네주었다.

연주자가 바뀐 바이올린이 다시 소리를 내기 시작했다. 새 연주자는 구슬픈 가락으로 시작하여 경쾌한 곡조의 노래를 계속해서 바이올린의 현에 실었다. 차갑게 얼어붙은 하늘 아래 아름다운 선율이 퍼져 나가면서, 행인들이 발걸음을 멈췄고 자연스럽게 둥그런 관람석을 이루게 되었다. 그 자리가 런던 한복판이긴 했지만, 귀가 열린 사람들이 뜻밖에도 많았다.

노인의 모자에 한 푼 두 푼 던지던 동전이 수북이 넘치게 되었고, 마침내 사람들이 운집하여 발 디딜 틈도 없게 되었다. 1파운드짜리 금화를 던지는 사람도 적지 않았다. 그리고 한동안이 지나자 여기저기서 수군거리는 말과 함께 누군가 목청을 높이기 시작했다. "파가니니다! 파가니니!" 그 외국인은 이탈리아에서 온 당대 바이올린의 거장 니콜로 파가니니(1784~1840)였던 것이다.

세계의 정상에 선 음악의 기량을 아끼지 아니하고 추운 길거리의 불쌍한 노인을 돕기 위해 거리의 악사를 자원했던 파가니니에게서, 우리는 그의 음악적 천재보다 더 고귀하고 감동적인 인품의 향기를 보게 된다. 조그마한 명예나 지식, 외형만 화려한 권세나 재물을 가지고서도 현대판 귀족으로 행세하려는 사람들이 넘치는 완악한 세상이다. 주변의 춥고 굶주리고 억눌리고 낙망한 이들을 위하여, 따뜻하게 내밀 도움의 손길이 우리 안에 있을까.

파가니니가 보여준 조력자의 퍼포먼스, 그 드라마틱한 재능 기부는 그가 살았던 시대 곧 19세기 중반까지의 모범 사례에 해당한다. 오늘날과 같이 인간의 삶이 여러 모습으로 분화되고 빛과 어둠의 지경이 예각적으로 분리되는 시대에 있어서는, 조력과 후원의 개념도 예전과 달라질 수밖에 없다. 이를테면 그것이 개인적 온정의 차원에서가 아니라 사회구조의 변화에 부응하는 제도적 시스템의 차원으로 확장되어야 한다는 말이다.

기업이 동시대의 문화예술을 지원하는 메세나Mecenat는, 바로 이와 같은 사회적 환경의 변화 그리고 기업 및 문화예술 양자가 행복하게 상생할 수 있는 방향성의 모색에서 비롯되었다. 20세기 이후 후기산업사회를 이끌고 나아가는 추진력으로서의 기업은, 그 자기체계 내부에서의 공익성과 사회적 기여를 발양함으로써 스스로의 존재 가치를 증명하고 또 물질과 정신을 함께 끌어안는 시너지 효과를 산출한다. 자기 발만으로 서기 어려운 문화예술이 기업으로부터 안정적 지속성의 도움을 받은 연후에, 그 예술적 혜택을 기업 및 사회에 환원하는 일은 매우 온당하고 자연스럽다.

메세나는, 로마제국 아우구스투스 황제의 재상으로서 그때의 문화예술인들을 적극 지원했던 가이우스 클리니우스 마에케나스Gaius Clinius Maecenas의 이름에서 유래된 프랑스어다. 그는 정치가, 외교관, 시인으로 활약하면서 당대에 문명文名을 떨쳤던 호라티우스Horatius, 베르길리우스Vergilius 등과 친교를 갖고 그 창작 활동을 후원함으로써 로마 문화의 번영에 크게 기여했다. 세기의 간극을 넘어서 그 문화 지원의 패턴을 본받자는 메세나 운동은 전 세계 20여 개국에 관련 기구를 두고 있다. 그것은 기업의 차별화된 경영 전략 중 하나이며, 문화예술과의 바람직한 동반자 행보이기도 하다.

이 문제에 관한 국내 기업들의 인식과 실제적 지원도 이제는 과거와 달리 참으로 많이 성숙한 국면으로 들어서고 있는 것 같다. 특히 이 운동이 가지고 있는 공익성의 취지를 유념한다면, 문화 소외계층이나 장애인과 같은 사회적 취약자들을 돌보는 데 더 주력하는 것이 옳다 하겠다. 가진 자와 그렇지 못한 자를 가르는 양극화의 해소도 이 가운데 효율적인 처방이 있을 것이다.

선한 도움은 그것이 어떤 모양이건 사람을 즐겁게 하고 멀리 떨어진 자리까지 밝게 한다. 선을 쌓는 곳에 반드시 경사스러운 결과가 있다는 옛말은 저 옛날의 파가니니에게, 그리고 오늘의 선량한 기업들에게 꼭 같이 적용되지 않겠는가. 산이 깊을수록 골이 깊듯이, 올해 연말 혹한의 계절 앞에서 따뜻한 메세나의 정신이 더욱 소중해 보인다.

생명을 살린 아름다운 손길

여름 햇빛을 받아 산은 자줏빛으로 물들고 물이 맑은 고장, 경기도 양평. 그곳 서종면의 황순원문학촌 소나기마을에 강연이 있던 날의 일이다. 정오를 좀 지난 시간에 북한강변을 따라 승용차로 들어가던 중이었다. 강의 지류 길가에 경찰차가 서 있고 두 사람의 경관이 막 물에서 사람을 건져내고 있었다. 필자와 운전자 두 사람은 얼른 달려 내려가 함께 거들었고, 두 경관은 15분에 이르도록 비지땀을 흘리며 익사 직전의 할머니에게 심폐소생술 처치를 했다. 그 현장을 곁에서 모두 지켜보기로는, 정말 눈물겨운 싸움이었다. 자기 가족인들 저보다 더 열렬할 수 있을까.

생사의 기로에서 이미 고개를 넘어갔던 할머니가 마침내 다시 숨을 토하는 것을 보고 자리를 떠났으나, 그 두 경관의 희생적 사명감은 너무도 감동적으로 가슴에 남았다. 강연을 마치고 나오는 길에 파출소에 들려 그들의 이름을 물어보았다. 손용

호 경위, 류섭영 경사, 두 분 모두 40대 장년의 자랑스러운 대한민국 경찰관이었다. 필자는 양평경찰서로 전화를 걸어, 그 '영웅적' 현장 참관기를 자세히 알려주었다. 이런 분들이 있기에 우리나라가 건강하고 경찰이 국민들로부터 신뢰를 받을 수 있다 싶어, 두 손을 번쩍 들고 만세라도 부를 심정이었다.

야간 순찰차량 경광등을 껐다 켰다 하는 점등 간격을 조절함으로써 범죄를 줄인 파출소 경찰관들의 창의적 미담이 신문에 실린 일도 있었다. 박봉에 궂은일을 마다하지 않고 주야 없이 애쓰는 대다수의 경찰과 언론에 보도되는 일부 문제 경찰을 혼동해서는 안 될 일이다. 찾아보기로 하면 이와 같은 공직자의 수범 사례는 얼마든지 있다. 천안함 사건 때 함수 부분에서 최선을 다해 수중 구조작업을 하다 순직한 한주호 준위도 그러한 사람이다. 유학의 정명주의로 일관했던 우리 선조 목민관들 가운데는 말할 것도 없다.

조선조 후기의 실학자 다산 정약용은 《목민심서》를 통해, 어디에나 국민의 눈과 귀가 있음을 강조하고 청렴하게 살 것과 본연의 위치를 망각하지 않고 사심 없이 업무를 처리하라고 가르쳤다. 그런가 하면 비슷한 시기의 실학자 순암 안정복도 충청도 목천현으로 부임하면서, 백성을 사랑하는 마음으로 부정부패를 없애고 그 살림살이를 나아지게 하기 위해 부단히 노력한 관리였다. 그는 백성들이 부담하는 부당한 비용을 없애기 위해

'방역전'이라는 재원을 마련하는 등 다양한 정책을 시행했고, 검소하고 겸손한 처신으로 모범을 보였다.

그때 물에 빠졌던 할머니가 무슨 연류로 어떤 경로로 그렇게 되었는지 필자로서는 잘 알지 못한다. 다만 필자가 보았던 것은, 그처럼 절체절명의 순간에 자신의 몸을 돌보지 않고 생명을 살려낸 그 열혈의 정신이었다. 그러고 보니 몇 년 전 지방 강연을 갔다가 당했던 낭패의 기억이 되살아났다. 고속도로에서 밤중에 타이어가 펑크 나는 바람에 이러지도 저러지도 못하고 있는데, 지나가던 순찰차의 두 젊은 경관이 스페어타이어 갈아 끼우는 것을 도와주었다. 필자 또한 우리 사회를 건실하게 작동하게 하는 힘의 조력을 받았다.

사마천의 《사기》에 목후이관沐猴而冠이란 말이 있다. 목욕을 한 원숭이가 관을 쓴다는 뜻인데, 의관은 아름다우나 그 내면의 마음은 사람의 것이 못 된다는 비유이다. 이는 한생韓生이 초나라 항우項羽를 조롱한 말로서, 그 뜻풀이를 듣고 격분한 항우가 한생을 끓는 기름 가마에 던져 삶아 죽이고 만다. 세태가 험악할수록 관 쓴 원숭이들이 제 세상을 만난 듯 횡행하는 터에, 무더운 여름날 한 줄기 청량한 소나기 같은 생명구조의 복무 수행에 현장 목격자가 된 복을 누렸다.

그 할머니는 생명에 지장이 없다고 들었는데, 또 무슨 절박하고 말 못할 사정이 있었던 것일까. 옛말에 인간도처유청산人間

到處有青山이라 했으니, 사람이 어디서 죽는다 해도 뼈를 묻을 만한 곳이 있다는 뜻이다. 진정으로 사람을 살리는 일에는 여러 모양의 손길이 함께 작동하는 것인데, 그 첫머리는 언제나 사람을 사랑하는 마음으로 맡은 바 직분을 다하는 이의 아름다운 모습일 것이 분명하다.

감동이 있는 삶

독일의 화가이며 조각가인 알브레히트 뒤러Albercht Durer는 15세기 후반에서 16세기 초반에 걸쳐 활동했다. 그는 소묘 9백 점, 목판화 350점 등 많은 작품을 남겼고 훌륭한 작품도 많다. 그 가운데서도 가장 손꼽히는 대표작은 뉘른베르크 박물관에 소장되어 있는 '기도하는 손'이란 그림이다. 이 그림에는 눈물겨운 우정과 신뢰의 이야기가 전설처럼 숨어있다.

그림 공부에 뜻을 두고 있었으나 너무 가난해서 공부를 할 수 없었던 뒤러는, 비슷한 처지에 있는 한 친구와 약속을 했다. 한쪽이 그림을 배우는 동안 다른 한쪽은 노동을 해서 학비를 부담하기로 했던 것이다. 뒤러가 먼저 공부를 시작했고, 어느 정도 명성을 얻게 되자 이제는 친구를 공부시키기 위해 그의 집을 찾아 갔다. 친구는 하루 일을 마치고 기도 중이었다.

그의 기도는 이러했다. "하나님, 저는 심한 노동으로 손이 굳어 그림을 그릴 수 없습니다. 하오니 하나님, 내 친구 뒤러만은 화가로 성공하게 해 주십시오." 뒤러는 흐르는 눈물을 닦을 생각도 하지 않고 그 자리에서 연필을 꺼내 친구의 기도하는 손을 스케치했다. 이것이 불후의 명작 '기도하는 손'이다. 친구를 위한 사랑의 나눔, 그리고 그것을 참된 눈으로 바라본 고마움의 힘이 이 이름난 작품을 있게 한 것이다.

우리의 삶이 아름다운 건 이와 같은 인간적 유대로 묶여 있을 때다. 이러한 삶의 감동을 경험한 사람은, 어떤 경우라도 자신을 포기하지 않는다. 학교 폭력에 의해 집단따돌림을 당한 어린 학생들이 스스로 목숨을 끊는 안타까운 사건이 속출하는 세상이다. 만약 그 중 한 아이에게 뒤러와 같은 우정의 체험이 있다면, 극단적 선택을 하지는 않았을 터이다. 그러므로 폭력에 대한 예방교육보다 더 적극적인 방법은, 우리 아이들에게 감동적인 인간관계의 체험을 열어주는 일이다.

그렇게 고급한 정신적 영역의 일부를 소유하고 있는 사람은 타락이나 파멸의 길로 들어설 수 없다. 매일같이 신문 지면을 장식하는 철면피한 인물들의 가슴속에는, 작지만 단단하고 소박하지만 값있는 가치관이 숨어 있지 않을 것이다. 사람들의 마음을 얻는 데 본령이 있는 선거에서 나쁜 방식으로 사람들을 속인 당선자, 어려운 사람들의 정성어린 저축을 맡아 잘 관리하기는커녕 이를 횡령하고 도주하려 한 은행가에게는, 볼품 있는 감동의 체험이 그의 인생 역정에 있기 어렵다.

현대 사회의 가장 무서운 질병은 암이 아니라 우울증이라는 얘기를 어느 의사에게 들었다. 암은 치유의 과정이 비교적 객관화되어 있으나, 우울증은 그것이 환자에 따라 천태만상이므로 종잡기가 어렵다는 말이다. 어느 순간 돌발적인 생각에 따라 위험한 처신을 할 수 있으므로, 무엇보다 주위의 따뜻한 관심이 필요하다. 한 시대의 아이콘으로 불리던 대중문화 스타들이 자기 생명을 버린 비극의 장막 뒤에는, 미상불 애써 추구하고 지켜야 할 목표와 가치의 상실이 주된 원인으로 잠복해 있다.

한국계 미국인으로 세계은행 총재가 된 김용 전 다트머스대 총장은, 단순히 상류사회에 진입한 신분으로 인하여 국제기구의 중책을 맡은 것이 아니다. 그에게는 인류사회의 질병을 퇴치하고 경제적 불균형을 개선하며 허약한 지역과 나라를 도우려는 이상이 있었고 그 뒤에는 그것을 키워준 어머니의 훈도가 있었다. "어머니는 늘 위대한 것에 도전하라고 하셨지요. 그래서 나의 꿈은 마틴 루터 킹처럼 세상의 불평등을 없애는 데 기여하는 것이었습니다." 그에게 어머니의 가르침은 곧 가장 큰 사랑과 감동의 다른 이름이었다.

어떤 한 사람을 사랑하는 일도 그것이 진심일 때에만 가치가 있다. 진심이 없는 곳에서는 감동의 싹이 자라지 않는다. 고귀하고 운명적인 사랑은 평탄한 곳에 피어나는 꽃이기 보다는 역경의 가시밭길을 넘어선 곳에 선물처럼 주어지는 열매이기

마련이다. 인간이 가질 수 있는 희생과 감사와 신뢰를 한 마디로 축약하면 아마 '사랑'일 것이다. 빅토르 위고는 시 〈가을의 나뭇잎〉에서 '사랑하는 것은 전부를 믿는 것이다'라고 했다.

감동이 있는 삶의 아름다움은 우리 모두가 꿈꾸어야 할 일생의 과제이다. 정녕 우리에게 감동적인 세상살이의 체험이 있는지, 또 어떻게 그것을 가꾸어나가야 할지를 깊은 사색으로 탐구해 보았으면 한다.

공룡과 빗물

1993년에 스티븐 스필버그 감독이 만든 공룡 영화 〈쥬라기 공원Jurassic Park〉은, 할리우드 역사상 최단 기간에 가장 높은 수익을 올린 작품이다. 이 영화는 개봉 9일 만에 무려 1억 달러의 흥행 수입을 돌파했다. 스필버그의 시도가 새로웠던 것은, 과학적 논리와 더불어 공룡을 되살려 내고 그 사건을 현대적 삶의 구체성과 결합했다는 데 있다.

동시에 자연의 순리를 역행한 인간의 탐욕이 걷잡을 수 없는 재앙을 초래한 하나의 사례로서도 교훈이 된다. 공룡 영화는 20세기 초에 시작되어 2000년 월트 디즈니의 디지털 애니메이션 〈다이너소어Dinosaur〉에 이르기까지, 컴퓨터 그래픽 등 제작 기술의 현란한 발달과 함께 지속적인 주목을 받아 왔다. 그리고 그 저변에는 인간 또는 자연과의 관계가 숨은 주제로 깔려 있었다.

지구상에서 공룡이 멸망한 이유에 대해서는 지금까지 여러 가지 가설이 난무해 왔다. 성경 창세기의 홍수설에서 근자의 소행성 충돌설에 이르기까지 다양다기하다. 그 가운데서 우리에게 감성적으로 잘 받아들여지는 설명은, 거대한 몸을 지속적으로 건사할 환경조건의 부재라는 주장이다. 물론 공룡이라고 해서 모두 큰 것만이 아니고 걸어 다니는 것만이 아니긴 하다. 그러나 우리는 지금도 자기 몫보다 넘치거나 지나치게 비대한 모든 것의 앞에 공룡이란 수식어를 가져다 두곤 한다.

한반도에 공룡이 서식한 증거는 화석이나 발자국 등으로 거의 전국에서 보고되고 있다. 1960년대까지만 해도 공룡의 역사가 우리와 무관한 외국의 이야기로만 받아들여졌을 만큼 그 발견과 연구의 역사는 일천하다. 그런데 그 많은 지역 가운데 이를 집중적인 테마파크로 개발하고 '공룡세계엑스포'를 개최하는 지자체는 경상남도 고성군이다. 다른 지역에서도 공룡과 관련된 지역 축제가 없는 것은 아니지만, 이와 같은 선점 효과와 전문성을 동원하고 지속성을 유지해 온 노력을 가벼이 볼 수는 없다.

근래에 여러 유형의 지역 축제 또는 향토 축제가 전국에서 동시다발로 열려, 국민들의 관심을 유발하고 발걸음을 이끄는 현상을 목격하게 된다. 그 지역의 향토성을 잘 살린 축제가 있는가 하면, 지역과 별반 상관이 없는 주제를 창의적인 아이디어와 더불어 소문난 문화관광 테마로 조성한 축제도 있다. 예를 들면 전라남도 함평군의 '나비대축제'가 그러한 경우에 해당한다. 이 아이디어는 단순히 관람객을 유치하고 지역민의 문화적 자긍심을 고취하는 데 그치지 않고, 실제로 지역의 경제적 부가가치를 수직 상승시킨다.

고성의 '경남고성공룡세계엑스포'는 그런 점에서 주목할 만하다. 여러 가지 볼거리와 먹거리를 체험할 수 있는 가족 나들이라는 일상적 측면에서도 그러하지만, 이 축제가 지향하고 있는 매우 인상 깊은 캐치 프레이즈 덕에 더욱 그러하다. 과거를 역사공간History-Zone으로, 현재를 환경공간Eco-Zone으로, 미래를 문화공간Culture-Zone으로 명명하고, 각기의 공간에 역사적 지식, 생명환경의 보존, 문화산업의 개발이라는 슬로건을 내걸었다. 여기서 필자가 값있게 생각하는 것은 생태·생명환경 문제에 대한 그 지역의 진보적 인식이다.

고성은 이 공룡엑스포에 '빗물'이라는 자연의 개념을 도입하고, 축제의 표어도 '하늘이 내린 빗물, 공룡을 깨우다'로 정했다. 세계적인 물 부족 사태는 자연수의 부족 때문이 아니며, 자연이 선사하는 강우를 제대로 보전·활용하지 못해서 일어나는 결과임을 환기하고 있다. 그리하여 공룡동산과 빗물체험관을 병렬하고 이것이 자연스럽게 생명환경농업 체험과 연계되도록 했다. 지역 축제에 시대의 화두이자 우리 농촌의 실상을 결부한, 참신한 기획으로 보인다.

공룡 엑스포는 단순히 공룡의 유적이나 유물을 보여주는

것으로는 큰 의미가 없다. 이처럼 고대의 역사가 오늘 우리에게 무엇인가를 주의 깊게 환기하는 장치가 없으면 그야말로 일과성 구경거리에 그치고 만다. 공룡의 멸종이 자연을 거스른 것인지, 빗물의 혜택이 어떻게 담보될 것인지는 보다 과학적 접근을 필요로 할 사안이지만, 최소한 거기서 소중한 삶의 깨우침을 거둘 만하다면, 이 축제를 애써 한번 찾아가 볼 일이다.

편작의 마음을 가진 리더

중국 전국시대의 전설적인 명의 편작扁鵲은, 발해군 막읍 사람으로 성은 진秦이고 이름은 월인越人이다. 장상군長桑君에게 의학을 배우고 구전과 의서를 받아, 괵나라 태자를 죽음에서 살리는 등 숱한 기적을 이루었다. 그의 사적은 BC 7세기부터 3세기까지 미치고 있다. 지금껏 전해오는, 인간의 수명을 훨씬 넘는 기간에 걸친 기록은 여러 명의의 일화가 편작에게 흡수되어 생긴 현상으로 풀이된다.

편작이 위나라 문왕과 나눈 대화는 《갈관지》라는 책에 실려 있는데, 오늘날 우리의 삶에도 참으로 시사하는 바가 크다. 삼형제가 모두 의사인 편작에게 문왕은 누가 가장 훌륭한 의사인가를 물었다. 편작은 큰형님이 가장 뛰어나고 그 다음이 둘째 형님이며 자신은 가장 아래라고 대답했다. 죽은 사람도 살려낸다는 편작의 의술이 삼형제 가운데 가장 아래라니, 의아해진 왕이 재차 그 이유를, 그리고 편작만이 명의로 알려진 이유를 물었다.

큰형님은 환자가 아픔을 느끼기 전에 얼굴빛을 보고 장차 있을 병의 원인을 제거해주고, 둘째 형님은 환자의 병세가 미미할 때 미리 치료하여 큰 병을 막아주는데, 자신은 환자의 병이 커지고 고통으로 신음할 때에야 병을 알고 치료해준다는 것이 편작의 말이었다. 사람들은 중병에 맥을 짚어 약을 먹이고 살을 도려내어 낫게 하는 행위를 보면서 자신의 병을 고쳤다는 사실을 알게 되니, 그로써 명의로 소문이 났다는 고백이었다.

편작의 이 범상치 않은 답변에는, 단순히 그가 겸손한 사람이라는 일반적 평가만 잠복해 있지 않다. 훌륭한 사람이 모두 유명하지 않으며, 역으로 유명한 사람이 모두 훌륭하지도 않다는 엄연한 진실을 편작의 겸손한 품성에 기대어 공감하게 한다. 겉으로 드러나 보이지 않으나 도저한 물줄기처럼 내면으로 흐르는 것, 깊은 바닥에 가라앉아 있으나 그 자리에서 외형을 규정하는 가장 근본적인 것을 설명하고 있기 때문이다.

동서고금의 역사를 통하여 언제나 어려운 과제가 올곧은 위정자를 세우는 일이었다. 그리고 우리 국민은 4년 혹은 5년마다 그 기회를 맞는다. 여당이든 야당이든 진정한 국민의 지지를 얻자면, 현란한 플래카드의 숲을 벗어나 편작과 같은 근본주의로 회귀하고 침잠해보아야 한다. 유권자인 국민도 마찬가지다. 앞에 나선 이들의 근본을 분별하지 못할 양이면 차라리 표를 던지지 않는 것이 좋겠다.

다시 편작의 젊은 시절로 돌아가 보자. 당대의 유명한 관상쟁이를 찾아간 젊은 편작은 재상이 되고 싶다고 했으나 불가不可, 의생醫生이 되고 싶다고 했으나 여전히 불가의 관상 판정을 받았다. 편작은 그 자리에 쓰러져 서럽게 울었다. 재상과 의생의 신분은 천양지차인데, 그렇게 우는 이유가 무엇인지 관상쟁이가 궁금해 했다. 재상이 되어 헐벗고 굶주린 사람을 위해 일할 수 없다면, 의생이라도 되어 많은 사람을 구제하려 했다는 것이 편작의 대성통곡 이유였다.

사연을 듣자마자 관상쟁이는 화급히 일어나 편작에게 큰절을 했다. 동시에 젊은이는 나중에 틀림없이 어진 재상이 되거나 아니면 큰 의원이 될 것이라고 단언했다. 얼떨떨해 하는 편작에게 관상쟁이는 사람을 판별하는 외상外相, 색상色相, 심상心相의 세 기준을 들려주었다. 외상이나 색상으로는 불가하나 심상을 보니 납득하겠다는 뜻이었다. 편작은 이미 그 마음의 상으로 큰 의원이었다.

선거에서 국민에게 표를 달라는 이가 당면한 물리적 난제를 잘 해결할 수 있다면 외상의 수준에 해당하겠고, 적절한 방향으로 문제의 핵심을 이끌고 기획할 수 있다면 색상의 수준에 해당하겠다. 그러나 다른 순서들에 우선하여 진심과 정성을 다함으로써 국민의 마음을 얻는다면 심상의 수준에 이를 것이다.

이처럼 근본주의에의 인식이 새로워지는 단계에 도달하면, 결국의 성패가 미리 판가름 나지 않을까.

심상을 제대로 보려면 삼 년을 함께 살며 지켜보아야 한다는 옛말도 있다. 심상은 마음의 모양이나 진실됨을 투시하는 혜안과 그에 버금가는 내면의 값진 품성이 조응할 때 각인되는 상호소통의 결과이다. 인도의 성자 마하리쉬는 귀한 과일 얻기를 원하거든, 즐거이 뿌리에 물을 뿌리라고 했다. 사람 사는 세상의 모든 가치 또한 그 뿌리에서 말미암을 터. 근본을 소중히 하는 사회, 이를 실현할 기회가 다가오고 있다.

농어촌에 희망을 주는 문학이 가능할까

농어촌에 희망을 주는 문학이 가능할까. 농어촌을 소재로 하여 도회와의 심정적 거리를 줄이고 소통과 교류를 불러오는 문학운동이 결실을 맺을 수 있을까. 한국마사회에서 세운 농어촌희망재단이 제1회 농어촌희망문학상을 시작한다는 말을 들었을 때 가장 앞서 떠오른 생각이었다. 그런데 필자가 책임을 맡고 있는 한국문학평론가협회가 이 상의 주관을 맡게 되고, 접수된 작품의 심사를 진행하면서 처음의 생각은 점차 확신으로 바뀌게 되었다. 그렇구나, 이렇게 출발하는 공익적 캠페인은 그 글쓰기의 파장이 독자에게 가 닿기 전에 먼저 작가 자신에게 영향을 미치겠구나.

시 621명, 소설 274명의 놀랄 만한 응모 숫자도 숫자려니와, 그 속에 담긴 주제들은 참으로 다양다기하게 우리 농어촌의 절박한 문제들을 담아내고 있었다. 인구의 감소와 젊은 세대 및 노동력의 부재, 영농과 영어의 어려움, 가족과 같은 가축을 버려야 하는 구제역의 체험, 이제는 옛 얘기처럼 빛이 바랜 포경선의 기억 등이 동시다발로 임립林立해 있었다. 그런가 하면 온갖 악조건을 넘어서 향토를 지키고 또 도회로부터의 귀농을 꿈꾸며, 농어촌에서 희망을 발굴하려 애쓰는 작품들도 만날 수 있었다.

한국에는 너무도 많은 문학상이 있다. 통계에 따르면 종류로 1백 개를 넘고, 상금도 쉽게 1억 원, 5천만 원, 3천만 원에 이르고 있다. 외국에서는 없는 문학상의 인플레라고 할 형편인데, 이를 굳이 나쁘다고 할 것은 아니지만 상의 고유성이나 가치가 희석되는 것은 사실이다. 더욱이 대다수의 문학상이 문학사에 업적을 남긴 시인이나 작가의 이름을 걸고 시행하는 것이며, 농어촌희망문학상처럼 그야말로 공공의 이익을 표제로 내세운 문학상은 매우 드물다.

문학작품의 궁극적 완성은, 그것이 독자에게 수용되어 일정한 반응을 유발하는 데까지라고 알고 있다. 이 문학상이 목표하는 바도 그와 같다 할 것이다. 참으로 좋은 작품이 선정되어 많은 사람에게 읽히게 될 때, 도농의 구분을 넘어서 우리 농어촌의 현실을 다시 돌이켜보고 유·소년 시절의 추억이 묻힌 고향을 되찾는 아름다운 반란들이 속출할 수 있겠다. 삶의 속도나 무게에 눌려서 오래 잊고 살았던, 작고 소박하지만 무엇과도 바꿀 수 없이 소중한 옛일들을 현실 속으로 초청할 수도 있을 터이다. 그리하여 문득 우리의 삶이 정신적으로 풍성한 잔치마당이 되는 그 유쾌한 반란을 겪어보면 어떨까.

소설 가운데 구제역에 관한 이야기를 읽으면서 필자는 눈시울이 뜨거웠다. 우리 전통 사회에 있어 가축은 정말 가족과 같았다. 인간이든 짐승이든 병과 죽음으로 인해 사는 차원이 달라지는 것을 막을 길이 있겠는가마는, 불현듯 생명환경농업을 통해 구제역을 극복할 길이 있다고 강조하던 어느 지자체의 군수가 떠올랐다. 자신을 공룡군수라 호명하는 경남 고성의 이학렬 전前 군수가 바로 그 사람이다. 그의 친환경 축산은 우리 선조들의 지혜를 빌어 가축의 우리를 새롭게 설계하는 데서 비롯된다. 물론 수지타산을 맞추는 데는 또 다른 노력이 수반되어야 한다.

필자는 그에게 왜 구제역이 전국을 휩쓸고 있을 때 이 중요한 경험과 정보를 내놓지 않았느냐고 힐난했더니, 그는 그냥 웃었다. 사람은 자기가 아는 만큼밖에 이해하지 못한다는 것이 그의 웃음에 담긴 대답이었다. 대신에 그는 이듬해 개최되는 제3회 공룡세계엑스포에 빗물을 중심테마로 도입한다고 정성껏 설명했다. 환경 변화로 멸종된 공룡과 자연수 빗물의 가치를 연계하여, '하늘이 내린 빗물, 공룡을 깨우다'로 캐치프레이즈를 정했다는 것이다. 우리 농어촌의 환경에 대한 객관적 인식 가운데 살아 있는 희망의 한 모습이 거기 있었다.

농어촌 지역 스스로의 자기 개발도 더없이 중요하다. 고성은 디지털 카메라와 시 쓰기를 결합한 '디카시'의 발원지요, 근자 아동문학인들에 의해 '동시·동화나무의 숲'이 들어선 새로운 문학의 고장이 되었다. 그러고 보니 애써 찾아내기만 하면 농어촌 사랑과 그 희망을 말하는 문학의 길은, 외롭지도 않고 멀리 있지도 않은 생활 속의 실천요강인 셈이다. 이 좋은 생각들이 물꼬를 트고 방향을 찾아서, 농어촌은 물론 각박하기 비할 데 없는 도시인들의 가슴을 함께 적시는 청량한 물길이 되었으면 한다.

참된 감동은 세대를 넘는다

'너무 큰 사랑은 꼭 시간이 많이 지난 다음 깨닫나 봐요.' 한 시대를 풍미한 여자 가수가 아직 젊은 날에 생명을 다하며 남긴 편지의 일절이다. 그의 이름은 최여주, 상대방 남자는 한상훈. 이는 주크박스 뮤지컬 〈광화문 연가〉의 작품 속 상황이다. 강현우라는 또 다른 남자와의 삼각관계 속에서 사랑과 이별을 테마로 1, 2부에 걸쳐 무려 31개의 노래를 소화한 무대였다.

주크박스라는 장르는 어느 특정한 뮤지션이나 특정한 시대를 담은 노래들을 중심으로 하나의 주제에 중점을 두고 드라마타이즈한 뮤지컬을 말한다. 이 무대의 실제 주인공은 〈옛사랑〉이나 〈이별이야기〉 등으로 널리 알려진, 그리고 40대의 젊은 나이로 세상을 떠난 작곡가 이영훈이다. 애절한 사랑이야기의 스토리라인에는 당연히 픽션이 가미될 수밖에 없었겠으나, 주제를 따라 흐르는 음악은 맨얼굴 그대로이다. '자기가 사랑하는 사람이 행복해지면 자기도 행복한 거 아닌가'라는 대사가 말하듯이, 일생을 걸고 사랑하는 사람에게 단 한 번의 고백도 없이 내밀하고 슬픈 사랑을 가꾼 남자의 노래이다.

1980년대 정치적 폭압의 시대, 메마른 가슴에 감수성의 선율을 선사한 이영훈 작곡의 노래는 주로 가수 이문세가 불렀다. 그렇다면 그 노래에 익숙한 세대는 40대 이후 50대의 사람들일 테지만 놀랍게도 연일 객석을 메운 관객의 다수는 30대가 훨씬 더 많았다. 이 작곡가의 노래가 새로운 세대에 연접되도록 리메이크가 많기도 했으나, 이 추억의 노래들로 꾸며진 무대의 상황은, 참된 감동에 세대 구분이 없다는 사실을 웅변으로 증명했다. 이는 이 뮤지컬이 진실하고 가슴 아픈 사랑을 감동적으로 그려냈다는 뜻과 다르지 않다.

주크박스 뮤지컬의 특성상 일정한 패턴의 노래에 무대가 묶여 있는 형국이므로, 매우 드라마틱하고 박진감 있는 서사적 전개를 요구하기는 어려운 측면이 있다. 실제로 1부에서는 정치적 압제에 저항하는 운동권 삽화가 효율적으로 도입되었으나, 2부는 거기서 더 발전한 도약이 없이 평이한 느낌으로 일관했다. 다만 공연이 끝난 뒤 출연진이 역동적으로 관객과 소통하는 방식은 그간의 지루함을 날려버릴 만큼 좋았다.

또 하나 감동적인 것은, 이 뮤지컬이 철저하게 이영훈 작곡가에게 바쳐진, 추모의 의의와 보람을 다했다는 데 있다. 그러기에 마지막 장면에서 출연자들은 검은 예복 차림으로 무대 위의 노쇠한 작곡가에게 존경을 바쳤다. 경사진 플로어 장치 양옆으로 등장한 두 대의 피아노와 간략한 무대가 과거와 현재를 교차하여 보여주고, 도시적 미감의 변화하는 세트를 영상으로 커버한 연출은, 효율적으로 주제의식을 부양했다. 그러나 한 무대 위에서 두 시점이 수시로 교차하다보니, 지나치게 방백 효과에 의지할 수밖에 없는 단처도 보였다.

우리가 살고 있는 동시대는, 기실 감동이 증발해버린 세태에 침식되어 있다. 드물게 아름다운 일을 만나도 사람들은 쉽사리 마음을 열지 않고 각박한 잣대를 거두지 않는다. '광화문 연가'와 같은 초연의 창작 뮤지컬이 예매사이트 1위를 달리는 것은, 그리고 노소가 함께 그 통속적인 연가에 크게 반응한 것은, 어떤 통로와 방식으로 우리 가슴속에 잠복해 있는 선량한 감동을 이끌어낼 수 있는가에 대한 해답을 시사한다. 그것은 누구에게나 공감을 불러올 수 있는 내용의 진실성, 그리고 그것을 잘 표현하는 형식의 효율성이다. 이 작품 이후에 우리가, 전설적 그룹 아바의 노래로 구성된 〈맘마미아〉와 같은 세계적 대작을 만나지 못할 이유는 없다.

프랑스 근대 시인이자 철학자였던 G.바슐라르는 《몽상의 시학》에서, 새 세대가 옛 세대를 깨우고 옛 세대는 새 세대 속에 다시 살아난다고 적었다. 1980년대의 격렬하면서도 쓸쓸한 삶을 살았던 세대가, 21세기의 젊은 세대 가운데서 과거의 자화상과 오늘의 공감을 함께 나눌 수 있도록 한 것은 이 무대의 공로이다. 예술에 있어 시공간의 분계를 넘어 세월의 풍화를 이기며 고유한 가치를 갖는 작품을 고전이라 부른다. 이 작품을 계기로 이제 한국에서도 시時의 고금과 양洋의 동서를 넘어서는 창작 뮤지컬이 나왔으면 한다.

그대 나라 사랑함은

• 신 조 선 책 략

• 멀리 가려거든 함께, 곡선으로

• 하얼빈 역전의 안중근 의사

• 답은 역사 속에 있다

• 대선 후보의 본질을 보자

• 대 통 령 의 유 머

• '역사 전쟁'에서 이기려면

• 주 머 니 속 의 바 늘

• 두 여자의 아이 다툼

• 주춧돌을 놓는 행복

신조선책략

30대 재미교포 여성이 독도 명칭을 지켜냈다. 우리 정부나 주미 대사관도 엄두를 내지 못했던 일이다. 김하나 북미 동아시아도서관협의회CEAL 한국분과위원회 회장. 그는 2008년 7월 미국 의회도서관에서 독도의 명칭을 '리앙쿠르 바위섬'으로 바꾸는 회의가 무산되는 데에 결정적인 기여를 했다. 리앙쿠르는 1849년 무인도였던 독도를 발견한 프랑스 포경선의 이름이며, 거기에는 한국령 독도를 중립적인 분쟁지역으로 몰고 가려는 일본의 책략이 숨어 있었다.

김 씨는 캐나다 토론토대 동아시아도서관 한국학 책임자였다. 만약 미국 의회도서관 자료 분류에서 독도라는 주제어가 사라지면, 상위 분류어인 '한국의 섬들'에서 '일본의 섬들'로 대체되는 것이었다. 시인인 김 씨의 어머니 권천학 씨는 '행동하지 않으면 매국노'라는 격려로 그 딸을 명칭 변경 저지의 일선에 서게 했다. 필자는 이 기릴 만한 사실을 당시 한 일간지 지면에

칼럼으로 썼다.

사무라이와 닌자의 나라 일본은, 오랫동안 치밀하게 온 세계를 무대로 독도 도발을 계속하고 있다. 이 문제를 생각할 때면 왜 세종대왕 때 이종무가 정벌한 쓰시마를 잘 관리하지 못했던가, 그리고 일본 패망 직후 이승만 대통령이 언급했던 쓰시마 반환 요구를 지속적으로 제기하지 못했던가 하는 안타까움이 엄습해 온다. 지리상으로도 한국에 훨씬 가깝고 풍수지리적으로도 한반도의 오른발에 해당하는 부속 도서라는데 말이다.

마침 미국 버지니아에서 일본을 견제할 기쁜 소식이 날아왔다. 재미 한인 15만 명의 애타는 수고에 힘입어 '동해병기' 교과서 법안이 압도적인 표차로 하원을 통과한 것이다. 이번에도 일본은 온갖 금력과 정치력을 동원하여 저지하려 했으나, 한인들은 감성적 차원의 접근이 아니라 객관적 논리를 앞세운 설득으로 이 일을 성취해냈다. 1991년 한국이 유엔에 가입해 국제사회에서 이에 관한 목소리를 내기 시작한 지 23년 만이다. 이제 동일한 사항이 미국 전역으로 확대될 것이고, 연방정부의 '일본해 단일 표기'도 변경을 촉구할 계획이라 한다.

근래 일본의 아베 신조 정권은 마치 우리에서 뛰쳐나온 맹수처럼 조금의 좌고우면도 없이 침략자 근성을 발산하고 있다. 독도와 동해에 대한 영토 침범 야욕을 드러내는 것은 물론, 야스쿠니 신사 참배, 일본군 위안부 망언, 평화헌법 개정 시도 등

과거사의 죄악에 대한 반성 의지가 조금도 없어 보인다. 물론 일본 국민 모두가 그러할 리는 없다. 일본에는 '무라야마 담화'를 계승해야 한다는 정치세력도 있고 아베 정책에 대해 비판적인 언론이나 지식인도 많다. 이들까지 돌아서게 해서는 안 된다. 그러나 현재의 집권당이 이끄는 대외정책이 곧 일본의 얼굴인 것은 사실이다.

과거 일제 만행을 생각한다면 일본인은 지금 한국 거리를 마음 놓고 걸어 다닐 수도 없어야 한다. 사정은 중국이나 동남아 각국 등도 마찬가지다. 시대가 변하고 선린우호의 국제 관계를 우선할 때 잊기 어려운 과거를 용서로 치환하는 것이 미덕으로 여겨져 왔다. 그런데 일본은 지금 후안무치하게도 이 상식적인 도덕률을 역행하고 있는 것이다. 한국과 일본의 갈등은 단순히 두 나라 사이에 국한된 쟁점이 아니다. 그런 만큼 일본을 제어할 국제적 연대에 더욱 유의해야 옳다.

근자의 중국 시진핑 정부는 친구도 적도 없이 덩샤오핑鄧小平 시절부터 유지해온 도광양회韜光養晦·빛을 숨기고 어둠 속에서 힘을 기름의 기조를 버리고 연한제일聯韓制日·한국과 연대해 일본을 제어함의 외교 노선을 선택한 것으로 알려져 있다. 일찍이 제갈공명이 관우에게 형주를 맡기면서 남겼던 북거조조 동화손권北拒曹操 東和孫權·북으로 조조에 맞서고 동으로 손권과 화친함의 책략이 떠오른다. 중국을 완전히 믿을 수는 없지만, 현재로서는 중국과 연대하여 국제사회의 공감을 유발하고 미국을 설득하면서 일본을 제어하는 데 전방위로 나서야 할 때다.

멀리 가려거든 함께, 곡선으로

지방 행사에 참석하느라 국내선 아침 첫 비행기를 탔다. 동행에 정부의 각료와 국회의원을 지낸 분이 있어 몇 시간을 함께 보냈다. 일찍 출세를 하고 요직을 두루 거친 분이라 그 시각과 경륜에 남다른 장점이 많았다. 그런데 놀랍게도 세상을 바라보는 사고와 인식은 차갑게 굳어 있었다. 그만했으면 유연하고 아량이 넘치기를 봄바람같이 해도 될 텐데 싶었다.

그 와중에 내 생각의 바닥을 채우며 떠오르는 인물은, 강영훈 전 총리였다. 필자가 통일부 관련 이산가족위원회의 실무 책임을 맡아 일할 때였다. 세종문화회관에서 '이산가족의 날' 기념식을 마치고, 2부 공연을 위해 이분을 무대에서 2층 귀빈석으로 안내하다가 길을 잘못 들었다. 금방 방향을 바로잡기는 했으나 등에서 진땀이 날 정도의 실수요 결례인 상황이었다.

그분도 놀라서 가만히 서 있더니, 그냥 말없이 내 어깨를 몇 차례 두드려 주었다. 나는 감사하다는 인사도 못한 채 오랜 세월을 보냈다. 그런데 해를 거듭할수록, 그 난감했던 장면이 무슨 각인의 순간처럼 나를 따라다녔다. 특히 다른 사람의 잘못을 눈앞에 두었을 때, 내가 이해와 용서를 받았던 감동의 체험을 되새기게 했다.

중국 현대사의 인물 중에 낮은 마음의 겸손으로 가장 존경받는 인물이 저우언라이周恩來다. 1946년 공산당 중앙위원들이 옌안에서 충칭으로 이동하는 항공기에서 갑작스러운 비상사태를 맞았다. 날개에 결빙이 생겨 위험할지도 모르니, 낙하산을 매라는 기장의 안내 방송이 나왔다. 모두 낙하산을 매었지만, 한 소녀가 자기 것을 찾지 못해 울음을 터뜨렸다. 저우언라이는 가만히 자기 낙하산을 벗어 소녀에게 주었고, 항공기는 사고 없이 무사히 착륙했다.

중국의 마지막 황제였던 선통제 푸이를 따뜻하게 돌보아 준 일을 비롯, 그가 남긴 겸양과 배려의 일화는 너무도 많다. 바늘은 주머니 속에 있어도 삐져 나온다囊中之錐고 했던가. 그의 사람됨은 '죽의 장막'을 넘어서 온 인민과 세계에 권력자의 모범으로 알려졌다. 그는 마오쩌둥毛澤東 아래의 2인자였으나 마오의 심기를 다치지 않는 지혜를 발휘했고, 그런 연유로 자리를 오래 지켰다.

중요한 것은 그가 처세의 달인이었다는 사실이 아니라, 그의 내면에 올곧고 온정어린 심성이 넘치고 있었다는 사실이다.

보석의 가치가 그것을 치장한 부속물에 있지 않고 보석 그 자체에 있듯이, 저우언라이의 품성 자체가 존경받을 만한 것이었다. 헤밍웨이의 부인이자 전쟁 전문 기자였던 마사 겔혼은 이렇게 썼다. "저우언라이는 우리가 중국에서 만난 사람들 가운데 유일하게 좋은 사람이었다. 중국 공산당원들이 모두 그와 같다면 중국의 미래는 분명히 그들에게 있을 것이다."

인류 역사에서 존경을 받는 위인들은 한결 같이 그 이름의 무게에 비해 삶의 방식이 따뜻하고 소박했다. 그들의 언행은 조촐한 가운데서 품격이 있었다. 그리고 언제나 공동체를 위한 꿈에 부풀어 있었다. 아메리카 인디언의 속담에 다음과 같은 구절이 있다. "빨리 가려거든 혼자 가라. 멀리 가려거든 함께 가라. 빨리 가려거든 직선으로 가라. 멀리 가려거든 곡선으로 가라. 외나무가 되려거든 혼자 서라. 푸른 숲이 되려거든 함께 서라."

또 한 해가 지나고 있다. 새해에는 보다 더 나누고 베풀며, 지혜롭고 인격적인 삶을 살 수 없을까. 한 나라의 지도자가 그렇게 한다면 국민들의 국가관이 바뀔 것이요, 기업의 CEO가 그렇게 한다면 직장이 새 희망으로 가득할 것이다. 그보다 앞서기로는 이 글을 쓰는 나 자신부터 지난날을 돌아보며 그렇게 고쳐 나갈 일이다.

하얼빈 역전의 안중근 의사

필자가 1980년대 후반부터 중국을 드나들면서 가장 가보고 싶었던 지역이 흑룡강성 하얼빈이었다. 그곳의 하얼빈역에서 안중근 의사가 이토 히로부미를 저격한 현장을 꼭 보고 싶었다. 하지만 동북3성 가운데서도 지역적으로 가장 외진 데다 여행 인프라도 잘 구축되어 있지 않아서인지, 공무나 학회 일로 중국으로 갈 때마다 방문 일정을 잡을 수가 없었다. 그러다 이번 겨울, 그것도 가장 추운 시기를 택하여 하얼빈을 다녀왔다.

정말 천신만고 끝에 하얼빈역 플랫폼의 그 자리에 도달할 수 있었다. 혹한의 기온 속에 정성을 다해 안내해준 지인이 아니었더라면 엄두도 낼 수 없는 일이었다. 1909년 의거 당시의 하얼빈역은 초라한 시골 역사의 모습이었겠지만, 지금은 인구 1천만 명의 크게 변화한 도회에 역을 통한 이동 인구도 사람에 밀려 다녀야 할 만큼 많았다. 중국의 열차 탑승 시스템은 신분증을 확인한 다음에 발권이 가능하고 엑스레이 보안검사대와 세 차례의 검표 관문을 거쳐야 플랫폼으로 나갈 수가 있다.

뿐만 아니다. 출구로 나올 때도 여권과 차표를 보여주어야 했다. 역사적 유적지를 보러 왔다는 말을 꺼낼 형편조차 되지 않았고 과거의 그 역사를 아는 사람이 아무도 없었다. 할 수 없이 가까운 곳으로 가는 차표와 배웅하는 간이표를 사서 여러 차례 검문을 거쳐 안으로 들어갔다. 언 손을 다독여가며 몇 번씩 지상 및 지하도를 오간 다음에 간신히 현장을 찾았다. 그것도 마침 그 자리 가까운 곳의 경비원 한 사람이 위치를 알고 손짓해주었기에 가능했다.

아무것도 없었다. 간략한 입간판은 고사하고 흔한 안내글 한 줄도 보이지 않았다. 다만 플랫폼 바닥에 입힌 삼각형 타일이 저격자의 위치와 저격 방향을, 그로부터 5미터 정도의 거리에 사각형 타일이 표적이 섰던 위치를 암시하고 있었다. 참으로 허망했다. 중국이라는 나라가 자국의 영토 안에 다른 나라의 영웅적 인물을 기리는 데 인색하다고는 하나, 이는 우리의 국격이나 외교적 역량과 관련된 일이라 여겨졌다.

상하이 홍구공원에는 그래도 윤봉길 의사의 행적을 살펴볼 수 있는 기념 시설들이 확보되어 있어서 방문객들의 눈길을 붙든다. 그런데 우리 정부는 상대방이 중국의 중앙정부이든 하얼빈시이든 이 문제에 아무런 노력이나 시도도 없었던 것인지, 내내 가슴이 쓰라렸다. 안중근 의사의 순국정신과 희생이 우리 역사에서 발하는 찬연한 광휘에 비추어보면, 이는 너무도 서글픈 일이 아닐 수 없다. 더욱이 광복 이후의 우리 정부는 당신의 유해를 조국으로 이장해 달라는 유지를 받들지도 못했고, 지금 의사의 유해는 유실되어 찾을 길도 없다. 그 자손들은 정부의 지원이나 보호를 받지 못하고 어렵게 살았다.

안 의사가 1909년 이토 히로부미를 저격하여 그 자리에서 처단한 날짜는 10월 26일이다. 이토 히로부미는 일본 근대화 개혁인 명치유신 때 권좌에 오른 인물로, 조선합병을 책임진 천황특파 전권대사였다. 그는 고종을 위협하고 대신들을 협박하여 강제로 을사조약을 체결한 주역이다. 그런 인물을 처단한 것은 세계 각국에 대한제국의 존재와 민족적 항일 저항의지를 천명한 쾌거였다.

이토는 합병에 유리한 국제적 환경을 조성하기 위해 하얼빈을 찾아온 참이었다. 안 의사는 저격 후 자수를 했고, 자신은 대한의군의 참모중장 자격으로 조국의 독립과 동양의 평화를 위해서 전쟁을 수행한 것이니 만국공법, 곧 국제법에 따라 전시포로로 처리할 것을 요구했다. 1910년 2월 14일 중국 여순에서 사형선고를 받았는데, 끝까지 의연한 자세를 허물지 않았다. 이토를 두고 명성왕후 시해와 고종황제 폐위 등 15가지 죄상을 주장한 것도 놀라운 기개가 아닐 수 없었다.

국내에 안중근의사숭모회나 안중근기념사업회 등이 결성

되어 활동하고 있고, 북한에서는 '안중근 이등박문을 쏘다'라는 작품의 공연과 영화화도 이루어졌다. 하얼빈역의 유적지화와 기림을 위해서 북한과 협력하는 방안을 찾아볼 수도 있을 것이다. 올해 2월 14일에는 제발, 상술이 앞선 밸런타인데이의 헛바람에 묻히지 않고 안 의사의 사형 선고일을 기억하는 사람들이 많아졌으면 좋겠다.

답은
역사 속에 있다

필자가 한국문단에 문학평론가로 갓 얼굴을 내밀던 무렵의 일이다. 1987년, 복거일이란 작가가 《비명을 찾아서》란 장편소설을 발표했다. 일제강점기의 식민통치가 현재까지 계속되고 있다고 가정하고, 소설의 주인공이 잃어버린 조국의 정체성을 찾아가는 기발한 이야기였다. 참으로 재미있는 것은, 그 소설 속에 또 하나의 가상세계를 설정하고 이 가상은 실제 역사의 현실과 일치하도록 꾸민 서사전략이었다. 이로써 작가는 가상과 현실의 여러 그림을 마음껏 그릴 수 있었다.

이와 같은 이야기 방식을 '대체역사Alternative history'라 한다. '아틀란티스 대륙이 물 속으로 가라앉지 않았더라면'이나 '미국의 남북전쟁에서 남군이 이겼더라면'과 같은 가정은 이미 서구에서 소설로 시도되었고, 한국에서도 '대한제국 일본침략사'와 같은 소설의 시도가 있었다. 대체역사의 이야기 방식은 타산지석 또는 반면교사의 역사적 교훈을 염두에 둔다. 소설을 쓰거나 읽는 우리들에게도 그러하다. 이 방식을 곱씹어 보면 세상살이에 역지사지易地思之의 미덕을 발양할 수 있다.

제18대 대통령선거의 열기가 한층 뜨겁던 지난 11월, 드라마 작가 신봉승 씨가 기상천외한 책 한 권을 상재했다. 《세종, 대한민국의 대통령이 되다》가 그 제목이었다. 조선 왕조 5백 년 동안 모두 27명의 임금과 그 임금을 보좌한 6백 내지 7백여 명의 고위공직자가 있었는데, 이들을 현대 한국의 현실정치 한가운데로 불러낸 상황 설정이다. 그리하여 세종에게 대통령직을 주고, 명현으로 이름 높은 선비들을 각기 행정부의 수장으로 임명한 것이다.

세종에게 대통령을 맡긴 것은 어느 모로나 수긍이 간다. 하지만 각 부의 장관이나 권력기관장은 일반적으로 그 행적이 익숙하지 않은 이들도 보인다. 책에서는 왜 그가 거기에 적합한 인재인가에 대한 역사적 고증과 객관적 평가가 수반되어 있다. 국무총리는 세종 치세의 황희가 아니라, 선조·광해군·인조의 3대에 이르는 왕 밑에서 영의정을 지낸 오리 이원익이다. 기획재정부에 퇴계 이황, 행정안전부에 율곡 이이, 문화체육관광부에 연암 박지원, 지식경제부에 다산 정약용이 뽑혔다. 외교통상부에는 개화승려 이동인, 통일부에는 화친파 지천 최명길이 이름을 올렸다.

특임장관 백사 이항복, 검찰총장 정암 조광조, 감사원장 남명 조식 등의 면면을 보면 이 책의 저자가 그냥 알고 있는 대로 불러올 수 있는 인물의 등용이 아님을 짐작할 수 있다. 30여년의 세월을 두고 조선 왕조의 역사를 연구하고 10년이 가깝도록 〈조선왕조실록〉을 통독했으며 그 5백 년 전체를 조명하는 대하장편 TV드라마 〈조선왕조 5백 년〉의 집필자이기에 가능한 인사실험이다. 저자는 이 가상정부 인물들의 공통점을 두고, 모두 왕의 잘못에 대해 목숨을 걸고 직언을 했던 올곧은 선비정신의 소유자라고 덧붙였다.

한 문필가가 역사의 기록과 그 기록에 담긴 선현들의 행장을 바탕으로 보여준 이 드림팀의 조각組閣은, 박근혜 정부의 인사 항방에 유익한 본보기가 될 만하다. 대체역사의 교훈이 빛을 발할 시기는 바로 이러한 대목이다. 각료 후보자가 어떤 생각으로 어떤 길을 걸어왔는지, 그가 할 수 있는 일은 무엇이며 그 능력을 어디까지 발휘할 수 있을 것인지를 포괄적이면서도 객관적으로 검증해야 옳다. 그런 점에서 박근혜 대통령에게 이 책의 일독을 권한다.

어느 민족이든 과거에 얽매여 앞으로 나가지 못할 때는 발전이 없지만, 과거의 역사에서 교훈을 얻지 못할 때는 미래가 없다. 세종은 한글의 창제를 제외하고도 다른 임금들이 필적하기 어려운 많은 업적을 남긴 왕이다. 더욱이 어질고 능력이 뛰어난 신하들을 오래 거느렸으며, 정책의 시행에 앞서 늘 백성들의 목소리를 들었다. 조선왕조실록에 등재된 수만 명의 인물 가운데 그만한 리더십을 찾기는 어렵다. 민주화 시대의 대통령이라 할지라도, 지도자의 근본을 세종에게서 배워야 한다.

'인사가 만사'라는 말은, 역대 정부에서 언제나 겉치레의 다짐이 되고 말았다. 정부는 그 전철을 되풀이하여 밟지 말고 새롭고도 옳은 길, 그야말로 진정한 '시대교체'의 길을 가기 바란다. 모범답안은 이미 역사 가운데에 있다.

대선 후보의 본질을 보자

17세기에서 18세기에 걸쳐 살았던 이탈리아의 작곡가이자 바이올린의 거장 안토니오 비발디의 이야기다. 그가 세계 최고의 명품 바이올린 스트라디바리우스로 연주를 한다는 소식이 전해지자 콘서트홀은 대만원을 이루었다. 연주가 시작되면서 청중들은 앞을 다투어 찬사를 내놓았다. '명품 악기니까 저렇게 기막힌 소리가 나는구나.' 늘 있던 일이었다. 그런데 그날따라 갑자기 비발디가 연주를 멈췄다. 그리고 바이올린을 들어 바닥에 내리쳤다. 악기는 산산조각이 나고 청중들은 놀라 기함을 했다.

그 경악과 동요가 가라앉기 전에 진행자가 앞으로 나왔다. '놀라지 마십시오. 저 바이올린은 스트라디바리우스가 아닙니다. 비발디 선생은 훌륭한 음악이란 악기에서 나오는 것이 아님을 보여드리려 한 것입니다.' 청중들은 홀이 떠나갈 듯한 박수로 그 놀라운 사태에 응답했다. 가히 협주곡의 아버지 비발디였다. 사진기가 좋아서 사진이 훌륭하다면 사진작가는 어디로 갈까. 재료나 그릇이 좋아서 음식이 훌륭하다면 일류 셰프는 또 어디로 갈까. 문제는 겉으로 보이는 현상이 아니라 속에 숨은 본질인 것이다.

서양 미인의 대명사는 클레오파트라이다. 프랑스의 철학자 파스칼이 《팡세》에서 '클레오파트라의 코가 조금만 낮아졌더라면 지구의 표면이 달라졌을 것이다'라고 쓴 것은, 이집트 제국의 마지막 여왕으로서 로마의 역사적 인물들에 미친 영향력을 말한다. 실제로 클레오파트라는 그렇게 대단한 미인이 아니었다고 한다. 2001년 런던 브리티시박물관에서 열린 '클레오파트라 특별전'의 기록을 보면, 150센티미터의 작은 키에 통통한 몸매와 매부리코를 가졌다는 것이다.

그런데 이집트 고대사의 종막을 감당했던 이 여왕이 무슨 수로 카이사르와 안토니우스의 마음을 사로잡고 그들의 자식을 생산했으며 후대에까지 미인의 이름을 떨치게 되었을까. 그 답은 외형의 용모보다 풍부한 교양과 뛰어난 화술, 곧 지성적 매력에 있었다. 거기에다가 음성이 무척 감미로웠고 외국어에도 능통했다고 전한다. 고고학자들에 의하면 그리스어·라틴어·히브리어·아랍어를 능숙하게 구사하는 학자의 수준에 도달했고, 어려서부터 이집트 왕실 도서관에서 책을 탐독하여 어떤 권력자와도 막힘없이 대화할 수 있는 현명한 여자였다는 것이다.

이와 같은 사정은 동양의 절세미인 양귀비의 경우에도 유사하다. 양귀비는 원래 당나라 현종의 아들 수왕의 비였으나 현종이 가로챘다. 얼마나 미모가 뛰어났으면 아들을 겁박하여 며느리를 취했을까. 초상화를 통해서 볼 수 있는 양귀비는 풍성한 몸매의 소유자이나 키가 작고 쌍꺼풀 없는 눈을 하고 있다. 하지만 춤과 음악에 남다른 재능이 있었고 총명한 언행을 보였다고 하니, 역시 당대의 군주를 매혹한 힘은 따로 있었던 셈이다. 양귀비와 더불어 중국의 4대 미인으로 통하는 서시·초선·왕소군도 모두 자기만의 특별한 매력을 따로 가졌던 여인들이다.

조선조 제21대 왕 영조의 계비였던 정순왕후 김씨는, 15세의 어린 나이에 66세에 이른 왕의 배필로 간택되었다. 후궁 가운데 장희빈을 중전 자리에 앉혔다가 온갖 곡절을 다 치른 아버지 숙종의 유언을 따라, 영조는 후궁이 아닌 양반집 규수 가운데서 왕비를 직접 선발했다. 50세의 나이 차를 넘어 영조가 정순왕후를 선택한 것은, 지혜로운 답변 때문이었다. 세상에서 가장 깊은 것은 물이나 산이 아니라 인심이며 세상에서 가장 아름다운 꽃은 목화라고 대답하는 어린 처녀는, 할아버지 나이 뻘의 영조를 감탄하게 했다.

그렇다. 참으로 중요한 것은 현상이 아니라 본질 가운데 숨어 있다. 무엇으로도 바꿀 수 없는, 세월이 가도 바뀌지 않는 근본적 가치를 가진 이야말로 신뢰할 수 있는 사람이다. 며칠 앞으로 다가온 제18대 대통령 선거에서도 우리는 이 본질이 제대로 된 후보를 뽑아야 한다. 각자가 바라보는 본질의 가치는 다 다를 것이다. 하지만 그 다양한 시각들이 올곧고 충실하게 모여 일정한 값을 형성한다면 그것이 곧 민주주의의 본령에 해당한다.

강의실을 버리고 거리로 나선 교수, 창작실을 버리고 선동가가 된 작가는 여기에 자격 미달이다. 선거를 앞둔 정치인들도 목전의 운명에 겨를이 없겠으나, 결정이 난 이후에는 자칫 선거판에 휩쓸렸을지도 모르는 자신의 본질에 대해 다시 성찰해보아야 한다. 그래야 상식과 본질 위에 나라를 바로 세우는 미래, 그 미래를 다시 꿈꿀 수 있겠기에 하는 말이다.

대통령의 유머

1912년 미국 대통령 선거가 진행되고 있을 때, 시어도어 루스벨트의 선거본부는 매우 난감한 상황에 처했다. 선거 팸플릿 300만 부에 저작권자의 허락을 받지 않은 인물 사진이 실린 것이다. 시세대로 하자면 300만 달러 이상을 물어주어야 할 판이었다. 선거본부장은 숙고 끝에 저작권자에게 이렇게 편지를 썼다. '당신을 전국에 알릴 수 있도록 당신 사진을 우리가 팸플릿에 실어주면 얼마를 낼 용의가 있는가?'

그 편지에 이런 답장이 왔다. '기회를 줘서 고맙다. 250달러 내겠다.' 기막힌 반전이었다. 300만 달러짜리 손해를 250달러의 이익으로 뒤집은 셈이다. 거기에 궁벽한 상황의 전후 문맥을 잘 파악하여 적절하고 순발력 있는 조치를 통해 전혀 새로운 길을 열어 보인 지혜가 잠복해 있다. 창의적 아이디어의 힘이란 바로 이런 것이다. 그런데 그 창의력이 우리의 손이 닿지 않는 먼 곳에 있는 게 아니다. 평범한 일상의 표층 아래에 숨어 있는 데도, 다만 우리가 잘 찾아내지 못할 뿐이다.

우리나라도 바야흐로 선거의 계절로 접어들었는데, 내친 김에 선거 얘기를 하나 더 해 보기로 하자. 1984년 미국 대통령 선거에서 73세의 로널드 레이건과 그의 측근들은 '대통령이 되기에 너무 늙었다'는 대중적 인식을 극복하는 것이 선거전의 가장 큰 과제라고 판단했다. 경쟁자인 월터 먼데일 후보가 줄곧 레이건의 고령을 문제 삼고 나섰다. 이 과제가 반전의 계기가 된 것은 두 후보의 TV 토론에서였다.

먼데일이 먼저 이렇게 물었다. '대통령의 나이에 대해 어떻게 생각하십니까?' 그러자 레이건이 전혀 엉뚱한 답변으로 맞받았다. '나는 이번 선거에서 나이를 문제 삼지 않겠습니다.' 먼데일이 어이가 없어 '그게 무슨 뜻입니까?'라고 다시 묻자, 레이건은 이렇게 응수했다. '당신이 너무 젊고 경험이 전혀 없다는 사실을 정치적인 목적에 이용하지 않겠다는 뜻입니다.' 모든 청중은 박장대소하며 웃었고 먼데일도 결국 따라 웃었다. 그리고 그는 두 번 다시 나이 얘기를 꺼내지 못했다.

이 예화의 교훈은 단순히 대통령 선거에서 수준 있는 유머를 보았다는 의미에서 그치지 않는다. 그 유머가 얼마나 참신하고 감동적인 창의력을 바탕에 두고 있는가를 보아야 한다. 프랑스 속언에 '유머 감각이 없는 사람은 지도자가 될 생각을 하지 말라'는 표현법이 있다. 창의력이 있는 유머는 그것을 발화하는 사람 자신만이 아니라 널리 주위와 세상을 이롭게 한다. 반면에 마른 장작 같이 딱딱한 언사로는, 아무리 논리 정연한 주장을 내놓는다 할지라도 그것이 사람들의 마음에 가 닿아 감응력을 일으키기 어렵다.

미국 대통령들의 일화를 살펴보던 중이니 거기에 하나를 더 보태기로 하자. 한국 식탁의 김치처럼 서양 식탁에 빠지지 않는 것이 브로콜리다. 조지 부시 전 미국 대통령의 얘기이다. 부시 대통령이 어느 날 식당에서 음식을 주문하면서 자기 음식에 브로콜리를 넣지 말라고 부탁했다. 이 일은 곧 입소문을 타고 널리 퍼졌다. '부시는 브로콜리를 싫어한다'는 풍문과 더불어 브로콜리의 판매량이 급감했다. 애꿎은 피해를 본 브로콜리 재배 농장주들이 모여서 대책을 논의하고 놀라운 아이디어를 내놓았다.

미국 농민들은 거친 항의나 데모 대신에 한 통의 편지와 함께 대형 화물차에 가득 실은 브로콜리를 백악관에 선사했다. '대통령님! 미국 사람들이 즐겨 먹는 영양분 많은 채소입니다. 지금까지의 생각을 바꾸어 즐겨 드시면 고맙겠습니다.' 이 사건이 다시 언론에 크게 보도될 때, 부시는 이렇게 입장을 밝혔다. '나는 그때 브로콜리를 너무 많이 먹어 잠시 쉬고 있었을 뿐입니다.'

그들은 화를 복으로 바꾸었다. 엄청난 홍보 효과와 더불어 급기야 브로콜리는 외국 수출의 효자 품목이 되었다. 창의적인 아이디어와 감동이 살아 있는 유머는 물리적 계산이나 이성적 판단을 넘어서는 기적을 창출한다. 다가오는 대통령 선거가 예전처럼 이전투구의 늪으로 침몰하지 않도록, 예선이나 본선의 후보들이 이 대목을 조속히 깨우쳤으면 한다. 궁극적으로는 그렇게 하는 후보가 당선되었으면 좋겠다.

'역사 전쟁'에서 이기려면

바야흐로 '역사 전쟁'의 계절이다. 이명박 대통령의 독도 방문으로 시작된 한일 간의 영토 분쟁이, 양국 국민의 자존심 영역을 넘어 경제 협력 파탈의 차원으로까지 치닫고 있다. 그런가 하면 중국의 '동북공정'은 고조선·고구려·발해를 모두 중국의 지방정부로 규정하는 억지를 서슴지 않고 있다. 북한은 10여 년 전까지만 해도 이 대목에 관한 연구에 공을 들이고 역사적 정통성을 주장했으나, 근자에 와서는 발해에 대해 함구한다. 경제의 존도가 높은 중국의 눈치를 보는 것이다. 중국과 일본은 그들끼리 센카쿠열도를 중심에 둔 충돌이 한창이다.

우리가 독도를 실효적으로 지배하고 있으므로, 사실상 일본과 더불어 독도를 둘러싼 소모전을 벌일 필요는 없다. 보다 효율적인 제어의 방략이 있다면, 독도 문제는 저만치 뒤로 밀어두고 아직도 반성을 모르는 일본의 동아시아 침탈 과거사 전력을 논란의 중심에 가져오는 일이다. 여기에는 주변국들과의 협력 체계를 가동하기도 어렵지 않을 것이다. 온 세계의 사람들이 쉽게 인지할 수 있도록 문건과 동영상 자료도 만들고, 이를 민간 차원에서 지속적으로 폭넓게 유포하는 것이 필요하다. 과거의 피해는 용서할 수 있어도 잊어버려서는 안 된다. 원한怨恨이 다 같은 것인가. 원怨은 잊을 수 있어도 한恨은 끝까지 남는다.

중국은 유사 이래 자신을 세계의 중심으로 보고, 사방의 다른 민족들을 모두 오랑캐라 불렀다. 동이東夷, 서융西戎, 남만南蠻, 북적北狄이 모두 그 이름이다. 이들 가운데 광폭한 중화문명을 거스르고 제 국가 형식을 온전히 유지하고 있는 집단이 우리 한민족이다. 만약 남북한의 통합과 국경 인근 동북3성의 200만 조선족의 연계를 염려한다면, 중국에게 동이, 곧 한민족은 오늘날에도 위협적인 존재이다. 서기 732년, 멸망한 고구려의 뒤를 이은 발해는 개국 황제 대조영의 아들 대무예로 하여금 당나라를 치게 하여 지금의 북경 부근 마도산까지 함락하였다. 수군 장수 장문휴는 바다 건너 산동반도를 쳐서 자사 위준을 죽이고 항복을 받았다. 중국이 한자의 원형인 골각문자를 요하에서 발굴하고, 이것이 동이족의 문자이고 보니 그 역사적 정체성의 위기에 놀라 발해의 역사까지 끌어안으려는 무리수를 두고 있다.

공식적으로 6,300킬로미터라고 발표했던 만리장성의 길이를, 10년이 지나기도 전에 2만 1196.18킬로미터라고 수정 공표했다. 중국의 침략을 막기 위해 축조한 고구려의 천리장성과 발해의 성과까지 모두 포함한 수치이다. 어느 모로 보나 어불성설이다. 일본의 독도 영유권 주장을 반박할 사료도 많이 축적되어 있는 것으로 안다. '동북아역사재단'을 비롯한 연구기관들이나 재야의 역사학자들이 그동안 확보한 성과를 한 방향으로 집대성하고, 우리 국민들의 공감대 위에 올려놓을 수 있도록 보편화·객관화 할 필요가 있다. 혹시라도 정부 당국 간의 대좌에 이러한 과제가 떠오를 때, 민간 차원의 열의와 주장을 그 바탕에 깔면 보다 유익하지 않을까.

중요한 것은 이러한 역사성을 가진 문화적 충돌에 확고히 증명되는 정답을 내놓기가 힘들다는 사실이다. 그래서 이성적 논리와 감성적 신념이 동시에 작동하는 범국민 운동이 있어야 한다. 특히 경제적 이익을 염두에 두고 이를 국익의 절대가치인 것처럼 생각하는 근시안은 버려야 옳다. 눈앞의 길만 내려다보면, 어느 개인이건 민족이건 산 너머의 광활한 땅을 놓치기 십상이다. 세상살이가 팍팍한 현실을 내세워 이 주체성 있는 결행에 대해 서민 정서에 위반한다고 비난하는 여론이 있다면, 정성을 다해 설득해야 한다. 사람만이 자산인 이 나라의 국민이, 그 정도의 포용력을 갖추지 않았을 리 없다.

동시대의 지도자는 올곧은 역사관을 다음 세대에 심어주기 위한 역사교육에 한층 관심을 기울여야 한다. 한때 국사를 선택과목으로 돌렸다가 다시 필수로 전환한 것은, 만시지탄의 감이 있으나 다행한 처사였다. 자기 나라의 역사를 제대로 모르는 허약한 기반 위에 지은 글로벌 의식의 집은 아무짝에도 쓸모가 없다. 미국이 230여 년밖에 안 되는 독립의 역사를 얼마나 금과옥조처럼 가르치는지 생각해보라. 어려운 사람들의 눈에서 눈물을 씻어주는 것이 작은 정치라면, 한 나라의 백성들이 온전한 자긍심으로 스스로의 역사에서 소망과 교훈을 얻도록 하는 것이야말로 큰 정치일 것이다.

주머니 속의 바늘

안동의 의성 김씨는, 임진왜란 시기의 학봉 김성일을 중시조로 하는 누대에 걸친 명문이다. 일제 강점의 말기, 그 양반집 자손으로 당대의 파락호 또는 난봉꾼 소리를 듣던 인물이 있었다. 밤낮 없이 노름판을 전전하며 전혀 가솔을 돌보지 않았고 배운 자로서는 물론 인간으로서의 위신도 지키지 않았다. 파락호란 별호를 얻기로는 조선조 말의 흥선군 이하응이 대표 격에 해당하는데, 그 정황은 유주현의 역사소설《대원군》에 매우 실감나게 그려져 있다.

그런데 여기서 언급하는 의성 김씨 김용환은, 정도가 흥선군보다 훨씬 더했다. 종갓집을 남의 손에 넘기고 수백 년 동안 집안 재산으로 내려오던 전답 18만 평도 팔았다. 그 전답의 현재 시가는 2백억 원에 이른다. 보다 못한 문중 자손들이 십시일반으로 돈을 걷어 팔아먹은 전답들을 다시 종가에 되사주었으나 그는 탈선의 행각을 멈추지 않았다. 심지어 시집간 무남독녀

외동딸이 신행 때 친정집에 가서 장롱을 사오라고 시댁에서 받은 돈도 노름판으로 가져갔다. 딸은 할 수 없이 친정 큰어머니가 쓰던 헌 장롱을 가지고 울면서 시댁으로 돌아갔다.

김용환은 해방 이듬해 이순을 넘기지 못하고 세상을 떠났다. 그런데 그의 사후에, 경천동지할 만한 사실이 밝혀졌다. 그는 강골의 선비였지 인격 파탄자가 아니었으며, 허황한 세월을 보낸 것이 아니라 일제의 이목을 속이고 숨어 활약한 독립 운동가였던 것이다. 노름판에서 돈을 따면 좋고, 잃으면 미리 잠복 중이던 수하들로 하여금 판돈을 강탈하게 하는 수법을 썼다. 노름 밑천으로 집과 전답을 판 돈도 모두 갈 곳이 있었다. 서슬이 시퍼런 일제의 감시를 피하기 위해 가족에게도 철저하게 함구하였고 온갖 불명예를 뒤집어썼으며, 그렇게 모은 재물은 모두 만주 독립군의 군자금으로 넘어갔다.

학봉 종가의 13대 종손으로 선친과 형제들이 줄줄이 의병장 출신인 가문에서 특별 감시의 주목을 피하기 위한 고육지책이었으나, 그 자신과 가족의 고통을 후대의 안온한 자리에서 필설로 형용하기는 어려운 일이다. 임종할 때 독립군 동지가 머리맡에서 이제는 만주로 돈을 보낸 사실을 밝혀도 되지 않겠느냐고 물었지만 그는 허락하지 않았다. 선비로서 당연히 해야 할 일을 했을 뿐인데 더 말할 필요가 없다는 것이 그의 대답이었다. 그의 외동딸, 눈물의 장롱을 가져갔던 김후옹 여사는, 1995년에 이르러서야 아버지의 독립운동 공로가 인정된 건국훈장을 추서받았다.

한 인간의 삶 속에 잠복해 있는 실체적 진실이란 이렇게 모질고 무서운 것이다. 더욱이 자신의 명예와 주변의 안위를 모두 저버려야 하는 경우에는 그 각박함의 강도가 훨씬 더할 수밖에 없다. 재미 소설가 김은국이 써서 한국계 작가로서는 최초로 노벨문학상 후보로 거론된 작품 《순교자》에도, 이와 같은 '낭중지추'의 이야기가 매설되어 있다. 이 소설의 무대는 1950년 10월에서 그 다음해 5월까지이다. 인공치하 평양에서 기독교 목사 12명이 공산군에 의해 처형을 당했는데, 나중에 순교자로 미화된 이들이 실제로는 신앙을 포기하고 살려달라 애걸한 사람들이었다는 것이다.

그런데 이 순교의 현장에서 혼자 살아남아 정신이상자가 되어 있는 신목사가, 실제로는 목숨을 구걸한 배교자가 아니라 신앙 양심으로 끝까지 저항한 유일한 목회자였다는 줄거리이다. 사건을 조사하는 이대위란 인물이 이를 밝히려 하지만 신목사는 반대한다. 순교자의 현현에 감격해 있는 신자들에게, '성스러운' 거짓말로 절망이 아닌 희망을 남기려 한 것이다. 그러나 주머니 속의 바늘은 결국 밖으로 삐어져 나오게 마련이다.

김용환 공의 예화, 그리고 소설 속 신목사의 희생이 언표하듯이, 우리 시대의 많은 이들이 감싸둔 주머니 속의 바늘들도 마침내 그 모습을 드러낼 것이다. 선거의 계절이 다가오면 더욱 더 그러할 터인데, 우리 인생의 소중한 타산지석 하나를 파락호로 자신을 위장했던 애국지사 김용환 공에게서 보았으면 싶다.

두 여자의 아이 다툼

서구 문화권에서 지혜의 대명사는 이스라엘 왕 솔로몬이다. 성경 열왕기상 3장에 기록되어 있는, 두 여자가 한 아이를 두고 서로 자기 자식이라 다투는 사건의 재판은 너무도 유명하다. 이 쟁론에 대해 솔로몬은 칼을 가져오게 하여 아이를 둘로 나누라고 하고, 아이를 살리기 위해 스스로 주장을 철회하는 여자를 생모로 판정한다. 인류문화사는 이 지혜로운 처결을 일러 '솔로몬의 재판'이라 부른다.

중국에도 이와 꼭 같은 이야기가 있다. 원나라 때 이잠부李潛夫의 작품으로 알려져 있는 희곡 〈회란기灰闌記〉가 그것이다. 서양에 명판관 솔로몬이 있다면 동양에는 송나라 시기의 명판관 포청천包靑天이 있는데, 이 희곡에는 바로 그 포 씨가 등장한다. 마씨 집안의 첩이 아들을 낳았는데, 이를 질투한 정실부인이 남편을 독살하고 첩에게 뒤집어씌운 끝에 남편의 재산을 상속 받기 위해 그 아이를 자기가 낳았다고 우긴다.

포청천은 땅바닥에 석회로 동그라미를 그린 다음 아이를 그 안에 세우고 두 여자에게 팔을 잡아당기게 한다. 정실부인은 사력을 다해 아이를 끌었으나 첩은 아이가 아파하자 손을 놓아 버리고 만다. 판관은 첩이 진짜 어머니란 판결을 내린다. 이 장면은 명나라에 이르러 원나라 희곡을 모은 《원곡선元曲選》의 삽화에도 나온다.

솔로몬의 재판이나 포청천의 재판이 모두 친어머니를 분별하는 데 목표를 두고 그 증명을 생모로서의 모성 본능에서 찾았다. 자신의 몸으로 낳은 생명에 대한 희생적 사랑은 사람이거나 동물이거나를 막론하고 다를 바가 없다. 황순원의 단편소설 〈피〉에서는, 새끼 다람쥐를 이용하여 어미 다람쥐를 잡는 인간의 교활한 지혜를 매우 비판적으로 그린다.

하지만 20세기 독일의 극작가 베르톨드 브레히트Bertolt Brecht는 이 고대와 중세의 고색창연한 모성론에 이의를 제기한다. 그의 서사극 〈코카서스의 백묵원〉은, 중국의 〈회란기〉를 중세 러시아의 코카서스 지방으로 옮겨 놓았다. 반란 중에 총독이 살해되고 그 부인은 어린 아들을 버려둔 채 도망간다. 이 아이를 기른 이는 그 집안의 젊은 하녀였다.

반란이 진압된 후 총독부인은 아이를 찾으려 한다. 여기에서도 아이는 재산 상속의 수단이다. 총독부인과 하녀의 사이에 아이를 두고 〈회란기〉와 같이 백묵으로 그린 동그라미 재판이 벌어진다. 이 작품에서는 하녀 쪽에서 먼저 손을 놓고, 재판관은 양모의 손을 들어준다. 진정으로 아이를 사랑하는 어머니, 어머니로서의 구실을 올곧게 하는 어머니가 아이를 길러야 한다는 논리가 앞의 두 이야기에 대한 반전의 형국이 된다.

지난 제19대 총선에서 국민에게 표를 달라는 보수와 진보 양 당의 행태는, 꼭 백묵 동그라미 안에 서 있는 아이의 양 팔을 잡아당기는 두 여자의 자기주장을 닮았다. 두 여자가 아이의 어머니이기를 포기하지 않듯 나라의 미래를 책임질 적임에의 주장을 포기하지 않았으며, 종국에 가서 아이가 아플까봐 팔을 놓아주는 여자도 없었다. 다시 말해 아이가 이 나라라면 좋은 어머니 같은 정당은 끝까지 없었다는 말이다.

어느 당이 더 나라를 사랑하고 존중하는지 판단하기가 어려웠다. 정당·정책·인물이 실종된 '3무선거'가 주류를 형성했고, 객관적이며 합리적인 평가를 적용하기도 어려웠다. 여러 악재들이 순차적으로 판세를 좌우하면서, 마치 두 여자를 편드는 주변의 입방아처럼 풍설이 난무했다. 어느 쪽이 진짜 모성애를 가진 생모인지, 또는 생모가 아닐지라도 어느 쪽이 진짜 아이를 더 사랑하는 어머니인지 종잡을 수가 없었다.

아직도 한강의 남북이나 국토의 동서를 가르는 분리주의적 의식이 팽배한 것을 보면, 우리 국민이 백묵원 안의 아이처럼 미성숙한 대목도 있는 것 같다. 우리 국민은 평소 두 여자의 기득권에 눌려 침묵하고 있다가도 4년에 한 번은 무서운 재판관이 된다. 이 재판의 결과에 따라 아이의 운명이 달라진다. 두 여자는 모름지기 이 아이를 최선을 다해 사랑해야 한다. 민주주의의 근본을 암행어사의 마패처럼 숨기고 있는 국민이 곧 재판관이기 때문이다.

주춧돌을 놓는 행복

문예 장학생으로 대학에 입학한 한 시골 출신 학생이 시 쓰기에 빠져 낙제를 했다. 2학년으로 진급을 하지 못하는 것은 물론, 장학금을 받을 수 없게 되어 더 이상 학교를 다니지 못할 형편이었다. 그러나 그의 시 쓰기는 크게 성과가 있어 그해 겨울 일간지 신춘문예에 당선을 했다. 그로서는 살을 내주고 뼈를 취한 형국이었지만, 학교를 그만두면 창작을 계속할 수 있을지 미지수였다.

고심 끝에 그는 그 대학 총장실의 문을 두드렸다. 그러나 어디 대학의 구중심처가 그렇게 쉽게 개방될 리 있을까. 가까스로 비서실을 통과하여 총장을 만났다. 참으로 초라한 몰골에 제대로 상황을 설명조차 하지 못하는 어린 학생을 물끄러미 바라보던 총장은, 정문 입구에 신춘문예 당선 플래카드가 걸려 있는 것을 보았노라고, 계속 공부할 수 있도록 도와주겠노라고 짧고 흔쾌하게 말했다. 단 한마디도 왜 그렇게 학점 관리를 잘못했느냐고 묻지 않았고, 인생을 그렇게 살면 안 된다는 교훈적인 말도 없었다.

다만 마지막으로 이런 질문을 던졌다는 것이다. 인간이 무엇이라고 생각하는가? 어렵게 스스로도 흡족치 못한 답변을 마치고 나온 그는, 세월이 지나 이름 있는 시인이요 번역가이며 가장 전파력이 강한 출판 편집자가 되었다. 한편으로는 인도의 평원을 방랑하며 라즈니쉬에게 영향을 받기도 하면서 독특한 자기 세계를 개척한 명상가가 되었다. 불문곡직 찾아온 그를 맞아 삶의 근본에 대한 화두를 던졌던 그분은 2012년, 향년 91세를 일기로 타계했다.

두 권의 시집 모두가 판매량 1백만 권을 넘기고 그에 준하는 번역서가 허다한 시인 류시화의 실화이다. 그의 총장은 경희대학교 설립자 조영식 박사였다. 류시화는 자기 같았으면 틀림없이 한두 마디라도 질책하는 잔소리를 했을 터인데, 그 절차가 완전히 생략되었으며 그때의 감동이 일생 가슴에 남았다고 술회했다. 그분은 짧은 시간에 어린 학생을 두고 일상의 미숙을 탓하기보다 예술적 가능성을 북돋워준 스승이었다.

한 뛰어난 시인의 탄생에는 사람 만들기의 본질에 대한 믿음과 그것을 투시하는 혜안이 잠복해 있었다. 문화예술의 생성이란 이처럼 예측하기 어려운 결과에 미리 준비된 원인 행위를 투자하는 것이어서 때로는 상식의 잣대로 잴 수 없는 과정이 개

재된다. 그렇게 해서 수발秀拔한 예술을 추수할 수 없을지는 모르지만, 그와 같은 각고면려 없이 그만한 예술을 기대하는 것은 무망한 일이다. 문학, 미술, 음악, 무용 등 모든 예술 분야가 이 눈에 보이지 않는, 그러나 엄연히 생동하는 법칙으로부터 자유롭지 못하다.

근래의 한국 대학들은 여러 경로로 부하되는 대학평가에 사활을 걸고 있는 듯한 느낌이다. 수많은 평가지표가 주어져 있으나 교육이 이루어지는 개별 학과에는 인정받는 논문의 숫자가 절대적인 기준이 된다. 그러다 보니 자연히 이와 거리가 먼 창작예술 분야가 후순위로 밀리거나 도외시될 수밖에 없는 형편에 처했다. 이렇게 해서는 균형 있는 교육, 미래를 유념하는 교육이 될 수 없다. 인간의 내부에 숨은 영혼을 발양하는 것이 예술이라면, 예술 폄하를 조장하는 이러한 풍조는 주의 깊게 재검토되어야 옳다.

비단 대학에 대한 평가만이 아니다. 우리가 선진 문명사회로 가는 길에는 삶과 인간의 근원에 대한 탐색을 뒷받침하는 여러 가지 구조의 지원 체계가 작동해야 한다. 교육의 백년대계를 운위하는 정부 당국과 관련 공공기관에 이러한 시스템이 제대로 가동되고 있는지 먼저 살펴보는 것이 순서다. 주춧돌을 반듯하게 놓지 않고서는 아무리 재질이 좋은 기둥과 대들보를 준비했다 할지라도 견고한 집을 지을 수 없는 바와 마찬가지다.

2010년 필자는, 류시화를 포함한 7명의 대중문화 분야별 '영웅'의 이야기를 기록한 《대중문화와 영웅신화》란 책을 상재했다. 그 한 사람 한 사람이 모두 눈물겨운 경로를 따라 오늘의 영광에 이르렀으나, 각기의 고비에는 모두 유사한 '조영식 총장'이 있었다. 새해에는 우리 사회 또는 여력이 닿는 우리 각자가 그렇게 사람과 예술을 함께 키우는, 그 소중한 기초를 다지는 행복한 자리에 설 수 있었으면 좋겠다.

인식의 경계를 넘어

- 문학 세계대회의 빛나는 모범
- 해외에서 모국어로 글쓰기
- 문학의 경계인들, 분단과 전쟁을 딛고 서다
- '엘불리'의 교훈
- 건전한 상식이 재난을 이긴다
- 도쿄의 한국 장터
- 균형 있는 삶이 아름답다
- 남북 인적 교류의 새로운 차원
- 최우선은 이산가족 상봉이다
- 남북관계 개선, 돌파구는 문화다

문학 세계대회의 빛나는 모범

영국의 저명한 아동문학가인 앤 파인 여사가 경남 창원에서 '복잡함의 베일을 벗기기'란 주제로 발표를 했다. 창원컨벤션센터 메인 홀을 가득 메운 청중은 숨소리를 죽이며 동시통역으로 전달되는 그의 말을 경청했다. 《미세스 다웃파이어》의 작가이자 영국이 자랑하는 문인이어서, 그의 이번 방한은 주한영국문화원에서 모든 비용을 부담했다. 이탈리아의 이름 높은 작가 피에르도메니코 바칼라리오 씨도 그 자리에서 발표를 했다. 그의 작품은 27개 국어로 번역되어 있고 한국에도 많은 작품이 번역된, 이른바 이탈리아를 대표하는 작가다. 이들의 발표에 앞서 캐나다에서 온 메이비스 라이머 국제아동문학학회 회장의 기조강연이 있었다.

이렇게 국제적 명성을 가진 작가, 아동문학가들이 한자리에 모인 것은 놀라운 일이었다. 그 뿐 아니다. 프랑스의 저명한 출판기획자로 매년 40여 권의 책을 생산하는 에르지 데이아크 여사, 재미 아동문학가로 널리 알려진 신정순 여사, 독일·핀란드·인도에서 온 자국의 대표적인 아동문학가들이 거기 있었다. 중국 아동문학학회 장평 회장, 일본 아동문학학회 기도 노리코 회장, 대만 아동문학학회 유페이윤 회장과 그들이 안내해 온 각기 수십 명 회원들도 그 자리에 있었다. 필자가 만나본 이들은, 아동문학을 하는 이들의 특성 때문인지는 모르나 한결 같이 부드럽고 친절했다. 한 사람 한 사람의 교감을 넘어 대회 전체의 분위기가 그러했다.

2014년 8월 8일부터 12일까지 닷새 동안 열린 제3차 창원 세계아동문학대회에서의 일이다. 세계 16개국에서 450여 명의 아동문학가들이 참가하여 여러 유형의 문학 행사를 개최하고, 모두 60편의 연구논문이 발표되는 학술 세미나를 갖기도 했다. 국내의 6개 아동문학 단체들은 각각의 주제로 분과포럼을 진행했다. 미상불 아동문학 행사로는 국제, 국내를 막론하고 역사상 가장 큰 규모이자 그 내용에 있어서도 매우 충실한 수준이었다는 공론이 남았다. 필자는 한국아동문학연구센터 소장의 자격으로 이 소문난 잔치를 주관하며, 그 축제를 함께 즐거워했다.

국내에서는 원로 동시작가 신현득 선생이 대회장을 맡았고 중진, 중견, 신진 작가들이 모두 마음을 모아 대회를 치렀다. 그 많은 해외의 손님들에게 한국이 가진 문화와 문학의 저력을 십분 증명해 보인 세계대회였다. 한바탕 흥겨운 잔치마당이 마무리 된 후, 필자는 턱을 괴고 곰곰 생각해 보았다. 문학의 세계대회를 이렇게 가져갈 수 있다면, 이 대회 참석자들이 창원선언문으로 채택한 그 문면과 같이 문학이 아시아와 세계의 평화에 이바지할 수 있겠구나. 외화내빈의 구호만 앞세우는 교류나 평화가 아니라, 적대적 역사관을 가진 나라의 문인들도 서로 가슴을 열고 참되고 실속 있는 화해협력을 이끌어낼 수 있겠구나.

이 대회는 원래 아시아 아동문학대회로, 2년에 한 번씩 한국·중국·일본·대만을 순회하며 열렸다. 그리고 한국에서 개최될 때마다 아시아대회와 세계대회를 겸했다. 대회를 창설하고 여기까지 이끌어 온 이는, 지금은 유명을 달리한 아동문학평론가 사계 이재철 선생이다. 그러기에 참가자들은 그의 공적을 기리며 행사장에 고인의 활동을 보여주는 영상물을 띄워놓고 고마움을 표했다. 일생을 아동문학 헌창에 기여한 그 공로가 그토록 알찬 열매를 맺고 있으니, 참으로 귀한 일이 아닐 수 없다. 한 사람이 가슴에 품었던 끈질긴 의지가 돕는 손길들과 더불어 큰 성과를 얻은 소중한 범례가 거기 있었다.

마산과 진해를 통합하여 매머드 지자체를 자랑하는 창원시는 여기에 많은 공을 쏟았다. 신임 안상수 시장은 자신의 문화공약과 결부하여 성의를 다했다. 창원은 2011년 스스로를 '아동문학 수도'로 명명했다. 기실 '수도'라 부를만한 자원이 풍부해서가 아니라, 이와 같이 아동문학 진작을 위한 실행의 의지가 확고할 때 그 호명법은 문학인들의 인정을 받을 것이다. 어쨌거나 필자는 여름의 한복판에서, 합력하여 선을 이룬 세계적 문학 행사의 한 모범을 보았다.

해외에서
모국어로 글쓰기

이 글을 쓰고 있는 이곳은 미국 캘리포니아 실리콘밸리의 중심도시 산호세이다. 샌프란시스코 한국문학인협회 여름문학캠프의 강연을 위해 이곳에 왔고, 지금 캠프 일정이 진행 중이다. 15년 전부터 미국, 일본, 중국, 중앙아시아 등 해외에서 우리말로 문학창작이 이루어지는 지역을 순례자처럼 찾아다녔지만, 여기만큼 문학에 대한 열정이 뜨겁고 문인 모임이 집중력을 보이는 경우는 드물다. 그 중심에는 이 지역의 원로 소설가 신예선 선생이 있다. 매달 모여서 독서토론회를 갖고 여름마다 문학캠프를 여는가 하면 함께 문예지를 발간하기도 한다. 각각의 문인들은 수시로 모국 문단에 작품을 발표하거나 창작집을 묶어 낸다.

한국문학으로서는 소중하기 이를 데 없는 텃밭이다. 이와 같이 그 값어치가 문전옥답에 못지않은 텃밭은 세계 곳곳에 널려 있다. 동포 2백만 명을 헤아리는 미국의 LA·뉴욕·시카고·워

싱턴과 캐나다 등지에서 모국어로 창작되는 미주 한인문학, 1백만 명의 한민족 거주민을 배경으로 한 일본의 조선인 문학, 동북3성 2백만 명의 동족을 바탕에 둔 중국의 조선족 문학, 그리고 5·6세대까지 이어져 50만 명의 동포사회를 형성한 중앙아시아의 고려인 문학이 그 사례들이다. 이러한 해외 동포문학에 대한 관심과 연구도 증진되어, 이들과 북한문학을 함께 연구하는 국제한인문학회 같은 학회가 활발하게 활동하고 있다.

필자는 이 분야의 학술적 영역에 대해 그 명칭을 '코리안 디아스포라 문학Korean diaspora literature' 또한 '한민족 문화권 문학'이라 불러 왔다. 이들이 그 이중 언어, 이중문화의 땅에서 우리말로 시를 쓰고 소설을 쓰는 데는 대체로 다음과 같은 두 가지 이유가 있다. 하나는 그처럼 척박한 환경 속에서 개간한 삶의 경로에 대해 진솔한 자기 토로가 필요하기 때문이다. 이는 단순한 표현 욕구에 앞서 삶에 대해 균형성을 유지하는 카타르시스이기도 하다. 일찍이 A.랭보가 그의 시에 적었듯이 상처 없는 영혼이 어디 있겠는가.

다른 하나는 그렇게 모국어로 글을 쓰는 행위를 통해 민족 정체성을 지키고, 타자의 나라에서 삶을 시작하는 2·3세대 후세들에게 민족적 뿌리의식을 심어주는 일이 가능하기 때문이다. 이민자의 고단한 하루를 마감하고 늦은 저녁 책상에 앉아 우리말로 글을 쓰고 있는 부모, 그 모습을 보고 자란 아이들에게 조국의 형상이 그려지지 않겠는가. 이러한 연유들로 인하여, 해외에서 생산되는 한민족 문학에 대해 한국문학과 우리 문예 정책 당국이 관심과 보살핌을 기울여야 할 당위성은 100가지도 넘고 그렇게 하지 않아야 할 이유는 하나도 없다.

그런데 이 분야에 대한 모국으로부터의 지원은 빈약하기 이를 데 없고 심지어는 관심조차 희박하다. 미국의 〈미주문학〉이나 〈뉴욕문학〉, 그리고 카자흐스탄의 〈고려문화〉 등 문예지 발간에 대한 지원은 간헐적으로 이어지다 사라지곤 한다. 알마티에 있는 '고려극장'의 공연 대본은 매우 소중한 자료로서 이를 확보하고 보존 및 연구해야 할 가치가 있다. 그 일의 수행을 위해 문예당국에 예산을 신청했으나 요청액의 십분의 일 수준만 허락 받았다. 결국 본래의 목표는 엄두도 못 내고 국내에서 구할 수 있는 고려인 문학의 희곡들을 모아 책 한 권을 꾸리는 데 그치고 말았다.

한민족 문화권 문학은 이 글로벌 시대에 민족정체성을 되찾고 또 공고히 하는 데 효력 있는 디딤돌이 될 수 있다. 남북한 문화교류의 교착 상황을 풀어나가기 위해서는 더욱 그러하다. 그렇게 확장된 민족성의 울타리 안에서 '문학 6자회담' 도 가능하고 '한민족 문학사'의 기술도 시도될 수 있다. 8만 리 태평양의 시퍼런 물길을 건너는 데 항공기로는 10여 시간이 걸리지만, 문학작품을 이메일로 보내는 데는 1초면 된다. 저마다의 상처를 안고 그것을 문학으로 풀어내는 이곳 이역異域의 문인들을 대하면서, 우리 문학의 새로운 영역과 가능성을 그 현장에서 실감한다.

문학의 경계인들, 분단과 전쟁을 딛고 서다

멀리 머리에 구름을 두르고 있는 천산산맥이 바라다 보이는 도시. 이국 땅 중앙아시아 카자흐스탄의 수도 알마티. 옛 소련 시절부터 현지 고려인들의 한글 교육과 전통문화 보급에 힘써온 원로 시인 양원식 씨가 자신의 집 앞에서 괴한의 피습을 받아 비명에 숨졌다. 향년 74세. 2006년 5월의 일이다.

시인은 알마티에서 한글판을 발행하는 〈고려일보〉의 주필을 지냈다. 1923년 연해주에서 〈선봉〉이란 이름으로 창간되어 〈레닌기치〉란 이름을 거쳐 오늘에 이른 〈고려일보〉는 그때까지 시인의 일터였다. 그가 활동하고 있던 2005년, 필자는 시인의 안내로 〈고려일보〉를 방문한 적이 있다. 후리후리한 키에 따뜻한 정감이 남달랐던 그는, 그러나 역사의 물결에 휩쓸린 영원한 경계인이었다.

그가 쓴 시에 그의 조국은 세 개, 즉 조선과 카자흐스탄과 러시아라고 기록되어 있다. 북한 출신으로 한국전쟁 중에 모스크바 영화학교로 유학했을 만큼 촉망받는 인재였던 그는, 당시 동료 학생들과 함께 평양으로 돌아가지 않고 망명자의 길을 걸었다. 그의 재능은 청년에서 노년에 이르기까지 고려인 시인의 표본으로 남았으나, 원인도 습격자도 밝혀지지 않은 채 비운의 생애를 마감했다.

'북한이 버린 천재 작곡가'또는 '카자흐스탄의 윤이상'이란 호칭을 가진 정추는, 월북하여 평양음대 교수를 지냈으며 모스크바 유학 중 다시 소련으로 망명했다. 세계 3대 음악원 중 하나인 러시아 차이코프스키 음악대학에서 최초로 졸업 작품 만점을 받았고, 소련의 세계 최초 우주비행 성공 기념행사에서 자신의 곡을 연주하기도 했다. 2010년 필자가 알마티에서 만난 그는 여러 차례 살해당할 위험을 넘겼다고 술회했다. 남북한에서 모두 외면당한 이 불우한 작곡가는 2013년 6월, 90세를 일기로 타계하기까지 카자흐스탄 음악계의 거장으로 살았다.

북한 정권 수립에 일조하고 문화선전성 제1부상을 지냈으나 결국에는 축출되어 말년을 알마티에서 보낸 정상진(필명:정률)은 문학평론가요 문필가였다. 그의 《아무르만에서 부르는 백조의 노래》는 '북한과 소련의 문학·예술인들 회상기'란 부제가 붙어 있으며, 국내에서도 출간되어 널리 알려져 있다. 그는 정추 선생이 별세한 이틀 뒤에 역시 향년 90세의 천수를 누리고 그 뒤를 따라갔다.

알마티에는 이들 외에도 한진, 리진, 연성용, 라브렌티 송 등 그 지역에서 소중하게 인정받는 문인들이 많다. 소련 국적 고려인으로 세계적인 명성을 얻은 작가는 우화소설 《켄타우로스 마을》, 《다람쥐》 등을 쓴 아나톨리 김이다. 《해바라기 꽃잎 바람에 날리다》의 작가 미하일 박도 문명이 높다. 이제 후대 5·6세에까지 이른 이 고려인 사회는 그 인구가 50만 명을 넘었다.

이 모두 바람 거세고 구름 높이 흘러가는 땅, 중앙아시아 대륙에서의 일이다. 북한은 물론이고 이들을 한민족의 울타리로 끌어안아야 할 한국에서조차 그동안 아무런 손길도 건네지 않았다. 한민족 디아스포라의 비극 여러 편이 드라마처럼 펼쳐지는 역사 과정을, 강 건너 불 보듯 바라만 보면서 지나온 세월이었다. 그것은 남북한 이념과 체제의 갈등, 그리고 분단시대 곤고한 삶의 역정, 그 실상을 이국에서 증거한 형국이었다.

19세기 후반부터 한민족은 구소련 지역으로 이주하여 '고려인' 집단을, 중국으로 이주하여 '조선족' 집단을 형성하였다. 이들의 문단 구성 초창기, 구소련에 조명희가 있었다면 중국에는 안수길이 있었다. 중국 내부의 소수민족 가운데 하나가 된 조선족은, 20세기 이후부터 문학 활동을 전개하여 문학동인 단체인 '북향회'를 발족하고 〈북향〉이라는 문예지를 발간하기 시작하였으며 향토 문인으로 작가 김창걸과 시인 리욱 등을 배출했다.

이 무렵 중국으로 건너간 강경애가 거기서 작품을 썼고, 최서해는 거기서 얻은 체험을 국내로 돌아와 작품화했다. 중국 조선족 문학을 대표할만한 작가로 꼽히는 《격정시대》의 김학철은, 항일 투사였던 그의 자전적 기록을 소설에 담았고 그와 같은 작품의 내용은 한민족 디아스포라 문학의 한 전형이 되었다. 현재 수많은 한글 문학이 창작되고 있는 중국 동북3성의 조선족 거주민은 200만 명을 넘는다.

북한과의 연접성을 위주로 한 만큼, 여기서는 교포 60만 명이 넘는 일본이나 200만 명이 넘는 미국의 한민족 디아스포라 문학까지 언급하기 어려워 안타깝다. 특히 일본의 조총련계를 중심으로 한 '문학예술가동맹'의 문학적 축적은 보다 확장된 논의를 필요로 한다. 어쨌거나 김달수·김석범·이회성·양석일·이양지·유미리·현월·가네시로 가즈키 등이 이룩한 재일 조선인 문학, 김용익·김은국·노라 옥자 켈러·차학경·이창래·수잔 최·캐시 송 등이 이룩한 재미 한인 문학의 빛나는 성과가 퇴색하는 것은 아니다.

이들이 한민족 문학사의 텃밭에 핀 귀한 꽃무리라면, 이들을 잘 가꾸고 그 명맥을 이어가도록 할 막중한 책임은 '한국문학'에 있다. 그 책임의식으로 남북한 문학, 납·월북 문인 문제를 디아스포라적 차원에서 살펴볼 때, 덧붙여 언급해야 할 문제가 있다. 이 한민족 문화권의 논리와 의미망 가운데로, 해방 이래 한국문학과 궤를 달리할 수밖에 없었던 북한문학을 초치하는 일이다. 북한문학에 대결 구도의 인식으로 접근해서는 접점이나 소통의 전망을 마련하기 어렵기 때문이다.

그렇다면 어떤 방안이 있을까? 여기에 한민족 문화권의 운동 범주를 원용할 수 있겠다. 이는 남북한 문학을 포함하여 재중앙아시아 고려인 문학, 재중국 조선족 문학, 재일 조선인 문학, 재미 한인 문학 등 재외 한글 문학의 전체적인 구도 속에서 남북한 문학의 지위를 자리매김해 나가자는 논리이다. 그리하여 남북한 문학이 보다 자유롭게 만나고 그 효력의 대외적 확산을 도모하며 통일 이후에 개화開化할 새로운 민족문학의 장래를 예비하자는 것이다.

이는 한반도를 둘러싼 비핵화 논쟁의 당사국들이 벌이는 6자회담을, 문학의 이름으로 옮겨놓은 구도이다. '사람'이 있는 곳에 '힘'의 충돌이 있다는 뜻이다. 필자는 6자회담이란 정치적 이슈가 등장하기 전부터 남북한과 네 지역의 디아스포라 문학을 합하여 '2+4시스템'으로 불러왔다. 이 길은 남북한 문학, 더 넓게는 한민족 디아스포라 문학의 교류와 연대를 내다보는 새 통로이며, 정치나 국토의 통합에 우선하는 문화 통합의 추동력이 될 수 있다.

'엘불리'의 교훈

세계 최고의 식당으로 명성을 날려온 스페인의 레스토랑 '엘불리El Bulli'가, 2011년 휴업을 시작했다. 휴업은 2014년까지 이어지고, 그 이후로는 비영리 음식재단으로 변신했다. 스페인 카탈루냐 해변의 로지즈 휴양지에 자리하고 있는 이 식당은, 외식업계의 권위 있는 영국 잡지 〈더 레스토랑〉으로부터 다섯 차례에 걸쳐 세계 최고의 식당에 선정되었다. 또한 8백여 명의 각국 주방장과 음식평론가가 참가한 '2009 산 펠레그리노 세계 베스트 레스토랑 50'에서도 4년 연속 당당하게 1위를 차지한 바 있다.

1961년에 문을 연 이 식당이 50년이 넘어 새삼 그 이름을 날린 비결은 주방장에게 있다. 수석 셰프 페란 아드리아가 과학적 원리를 요리에 접목시킨 '분자 요리'를 선보이면서 단연 요리계의 샛별로 떠오른 것이다. 식당의 공동 대표이자 주방의 책임을 맡은 그는, 식당을 매년 4월부터 10월까지만 운영하였으며 점심시간에는 문을 닫고 저녁에만 하루 최대 50명의 예약을 받았다. 한 끼 식사가 40가지 요리로 구성된 코스 메뉴의 가격은 한화로 38만 원에 달했다. 그럼에도 불구하고 연간 2백만 명이 예약을 대기하고 있어 결국 추첨을 통해 손님을 결정할 수밖에 없었다. 이 식당을 거쳐 간 사람들은 한결같이, 그 요리가 음식이 아닌 예술이라고 상찬했다.

그런데 정말로 놀랍고 중요한 사실은, 이와 같은 엘불리의 세속적 평가가 아니다. 10여 년이 넘도록 세계 최상급의 수준을 유지해 온 배면에는, 남모르는 독특한 비밀이 잠복해 있다. 식당이 쉬는 11월부터 3월까지 5개월 동안, 아드리아는 세계 각국을 떠돌며 요리에 대해 생각하고 연구하고 실험하면서 창의적 휴식 기간을 보낸다는 것이다. 그의 마법 같은 요리는 이 휴식의 쉼터·놀터들을 바탕으로 다음번 일터를 예비하는 지혜로움에서 생성된 것이었다. 그는 '엘불리가 폐업하는 것이 아니라 변모하는 것'이라면서, 자신이 그 휴식의 창의성 때문에 '세상에서 가장 행복한 사람'이란 말을 남겼다.

이렇게 훌륭한 식당의 이야기가 아니더라도, 우리 삶에서 쉬는 것은 어쩌면 일하는 것보다 더 중요할지도 모른다. 근자에 《노는 만큼 성공한다》라는 제목의 책을 낸 이도 있으나, 이때의 쉬고 노는 것은 단순한 휴식과는 다르다. 오늘의 휴식이 내일의 전투력이 되자면, 그 휴식이 가치 있고 창의적인 것이 되지 않으면 안 된다. 미국의 자동차 왕 H.포드가 일은 자동차의 모터요 쉼은 그 브레이크라고 한 바와 같이, 둘 중 하나가 제대로 작동하지 않으면 자동차가 움직이지 못하거나 위험하기 짝이 없게 된다. L.비트겐슈타인은 《반철학적 단장》에서, 안식의 시간은 스스로의 일을 내부에서만이 아니라 외부에서도 바라보게 하는 힘이라고 적었다.

막강한 전력을 자랑하는 나폴레옹의 기마대가 한 전투에서 패한 일이 있었다. 그 원인을 철저하게 조사해 보았더니 실로 어처구니없는 사실이 발견되었다. 패전할 수밖에 없는 직접적인 동기는 기병대대의 도착이 늦어 작전에 차질을 초래한 때문이었으나, 그 대대가 늦어진 것은 소속 중대 하나가 늦어진 때문이었고, 그 중대가 늦어진 것은 소속 소대 하나가 늦어진 때문이었다. 그리고 그 소대가 늦어진 까닭은 한 분대장이 탄 말의 발굽에서 작은 못 하나가 빠진, 참으로 사소한 사건 때문이었다. 말발굽의 편자 관리를 맡은 병사가 작은 못 하나를 소홀히 함으로서 부대 전체로 하여금 패전에 이르는 쓴 잔을 마시게 한 것이다.

휴식은 바로 이 못 하나를 보살피는 일에서부터 궁극의 승전보에까지 이르는 길의 시발점에 해당한다. 작고하신 필자의 스승 황순원 선생은 생전에 '대패질하는 시간보다 대팻날을 가는 시간이 더 길 수도 있다'고 가르쳤다. 그렇게 삶의 여정을 관리하며 2년에 걸쳐 그림 한 폭을 완성한 화가가 있다면 그 그림이 이틀 만에 팔리겠으나, 쉬지 않고 이틀 만에 완성한 화가의 그림은 2년이 가도 팔리지 않을 것이다. 이 무더운 여름날에, 우리의 참된 휴식이 어떤 것이어야 할지 깊이 생각해 볼 때이다.

건전한 상식이 재난을 이긴다

프랑스 식민지인 알제리 출신의 작가 알베르 카뮈는, 1957년 44세의 최연소 나이로 노벨문학상을 받았다. 수상작은 익히 알려진 《이방인》. 이 작품은 한낱 성격 파탄자의 이야기로 끝날 소설을 부조리 철학의 문학적 서사로 격상시킨다. 역시 카뮈가 쓴 전염병 재난 소설 《페스트》는, 1940년대 알제리의 오랑 시市를 배경으로 페스트, 곧 흑사병의 공포와 일상적인 삶의 와해를 실감나게 그리고 있다.

소설의 중심인물은 의사 리유. 그가 사는 도시에서 갑자기 수많은 쥐들이 죽기 시작하더니 전염병이 창궐하고, 인간에 대한 신의 징벌이라는 말까지 떠돈다. 한 사회의 변혁이 외형적 강압에 의해 진행되는 동안, 여러 유형의 인간 군상이 출현한다. 상황논리만 앞세우는 무능력한 시의 질병관리본부장 리처드, 신의 천형을 내세워 회개를 선동하는 신부 파늘루, 사회적 재난을 기회로 온갖 부도덕한 짓을 감행하는 범죄자 코타르 등이 소설의 등장인물이다.

오늘날 메르스의 재난을 겪고 있는 우리 사회에서 어렵지 않게 볼 수 있는 캐릭터들이다. 소설의 결미는 전염병이 잦아들고 평온을 되찾으면서, 이들 행위의 공과가 명백히 밝혀지는 데까지 이른다. 소설 속에 공익을 위해 자신의 희생을 두려워하지 않는 의사 리유가 있는 것처럼, 우리에게도 보이지 않는 곳에서 헌신을 다하는 파수꾼들의 손길이 있다. 소설 속에 무책임한 변명이나 선동으로 일관하는 인물과 자기 이익만 추구하는 파렴치한이 있는 것처럼, 우리 사회에도 그렇게 부정적인 세력이 함께 있다.

중요한 것은 시간과의 싸움이다. 그 끝이 언제일지 모르는 이 싸움에서 우리는 '선'을 부축하고 '악'을 억압해야 하는 연대 책임을 지고 있다. 미국의 작가 필립 로스가 쓴 소설 《네메시스》에서도, 제2차 세계대전의 종막인 1944년 미국 뉴어크를 무대로 '폴리오 바이러스'의 공격을 보여준다. 버캔 캐너라는 23살의 청년이 주인공이다. 보건 당국에서는 적절한 예방조치만 강조하는데, 자책감에서 출발하여 눈앞의 사명에 몸을 던진 청년의 형편은 그렇지 않다. 이 소설들에서나 우리 현실에서나 당국과 시민 사이의 거리는 그렇게 멀다.

인류 역사를 바꾼 전염병의 역사는, 그 발단과 결말을 곰곰이 살펴보면 전체적으로 통용되는 하나의 원리가 있다. 13세기의 한센병, 14세기의 흑사병, 15세기의 매독, 18세기의 천연두, 19세기의 결핵 등이 모두 당대의 사회의식을 바꾸고 시민의식의 성숙을 요구했다. 달리 말하면 올바른 의식의 정립을 통해 병의 재난에 대항해야 한다는 사실을 환기한다. 《페스트》의 의사 리유, 《네메시스》의 청년 버캔 캐너가 그 표본이다. 우리 사회가 이들의 정신을 일상 가운데 충실하게 받아들일 때, 어떤 전염병이든 축출될 것이다.

나폴레옹의 여러 전쟁에 종군한 앙투안 장 그로라는 화가가 있다. 종군 화가인 만큼 전장戰場을 주로 그렸고, 전장의 나폴레옹을 젊고 낭만적인 모습으로 묘사했다. 그의 그림 중에 〈자파의 페스트 격리소를 방문한 나폴레옹〉이란 작품이 있다. 그림은 나폴레옹이 상체를 벗고 있는 환자에게 손을 내밀어 위로하는 장면을 담았다. 그 뒤의 부관은 수건으로 입을 가리고 있다. 여기서 나폴레옹은 죽음도 두려워하지 않고 병사를 돌보는 영웅적 지휘관이다.

이 그림은 지금 루브르 박물관에 걸려 있다. 그러나 실제에 있어서 나폴레옹은, 전염병에 걸린 병사들에게 스스로 독약을 먹고 죽으라는 명령을 했다고 한다. 어쩌면 이처럼 표리부동한 삶의 방식이 결국 황제에서 범죄자로 추락하는 그의 비극적 운명을 재촉하지 않았을까. 오랜 역사 경험을 통해서, 그리고 우리 현실에서 여전히 목도하는 바와 같이, 전염병과 재난을 이기는 힘은 우리 사회 내부에 있다. 헌신적 노력과 상식적 대응의 힘이 먼저 도저한 물결을 이루어야 할 것이다.

도쿄의 한국 장터

2009년의 일이다. 서울의 일본 대사관저에서 필자가 몸담고 있는 대학의 일본 유학생 교육에 대한 공로를 표창하는 조그마한 행사가 있었다. 일본 외무대신의 이름으로 주는 그 표창장을 전해 받고 감사 인사말을 하는 자리에서, 필자는 어쩔 수 없이 한일관계와 과거사에 대한 언급을 했다. 좋은 분위기에서 좋은 말만 할 수 있었으나, 일본 대사와 그 직원들이 함께하는 공식 행사인데 한국의 인문학자가 아무런 그루터기의 표현도 없이 넘어가기는 양심상 어려웠기 때문이었다.

잠시 어색하고 숙연한 순간이 있었으나 곧 상황이 회복되었고 앞으로 유학생 교류의 확대와 내실을 기할 수 있는 방안도 더 진지하게 논의되었다. 이 짧은 불편의 감수는, 두 나라 역사의 수면 아래 잠복해 있는 과거의 비극을 누구도 쉽게 잊어서는 안 된다는 경각심의 발현과 다르지 않다. 진정한 화해와 용서는 사태를 외면하거나 덮어두는 데 있지 않고 그것을 정확히 알고 이해하는 데서 출발한다. 여러 부분에서 일본을 넘어서려는 목표는, 단순한 분노를 애국심으로 포장하는 국수주의를 버리고 일본에 대한 성실한 연구와 올바른 인식에 바탕을 두고 있어야 가능할 것이다.

도쿄의 부도심이라 불리는 신주쿠역에서 걸어서 10분 거리에 일본 최대의 한국식품점 '한국광장'이 있다. 우리말로 '장터'라는 상호가 병기되어 있는 간판 안쪽으로 500제곱미터에 달하는 매장은, 서울의 대형 마트를 그대로 옮겨놓은 듯 없는 것이 없어 보인다. 연중무휴로 24시간 영업을 하는데 언제나 통로를 메운 손님들로 넘친다. 이제는 손님 가운데 일본인 고객의 수가 한국인을 압도하고 있고, 어느덧 한국광장이 있는 신오쿠보는 도쿄의 한국문화 발신지가 되었다. 외국에서 성공한 슈퍼마켓의 개념을 넘어서 한국의 이미지를 대표하고 2002년 월드컵 이후의 강력한 한류와 지역 일대의 한인타운 형성에 중추적 역할을 해온 까닭에서이다.

이 신화의 중심에 한 인물이 있다. 김근희金根熙 사장이다. 그는 '주식회사 한국광장'의 대표이사로, 신오쿠보 일대에서 여러 개의 그룹회사를 운영하고 있다. 이 회사들은 한국 서적과 음반, 한국 요리, 전통공예품, 전통차, 길거리 분식까지 판매하면서 그 값비싼 땅 곳곳에 한국어 이름을 내걸었다. 그와 함께 일하는 직원들도 그 숫자가 벌써 2백 명을 훌쩍 넘어섰다.

20여 년 전에 맨손으로 현해탄을 건너가 성공한 사업가가 된 그의 이력과 사례를 상찬하는 것은, 여기서 필자의 의도가 아니다. 참으로 눈여겨 볼 핵심은, 그의 성공이 확고한 문제의식과 올곧은 가치관으로부터 시발되었다는 데 있다. 일본에 사는 한국인으로서 한일 양국이 발전적인 우호관계를 맺는 것을 자신의 테마로 결정하고, 이를 실현하기 위해 먹거리·말·놀이·일의 4가지 생활문화를 공유하는 한국의 옛 시장 '장터'를 만들자는 것이 그의 생각이었다. 그리하여 팔리는 물건보다 팔아야 할 것을 판다는, 다소 비경제적으로 보이는 슬로건을 내걸었다.

오늘에 이르러서도 그의 꿈은 가파른 산마루를 향하는 오르막길에 있다. 1986년 역사학을 공부하러 가난한 유학 가방을 들고 도쿄에 발을 디뎠던 그가, 창의적인 구상으로 새로운 역사의 전환점을 지향하는 사업가로 변신하는 동안, 말 못할 난관들을 돌파해 왔을 것은 불문가지의 일이다. 처음 도쿄 닛포리에 문을 열었던 작은 매장에서 지금 신오쿠보의 한인타운에 이르기까지, 극도로 배타적인 일본의 사회제도를 넘어설 수 있었던 힘은 정확한 판단과 변함없는 신념에 기반을 두고 있었다. 한일 양국의 앞날에 실질적인 우호의 교량이 되기를 원하는 그의 프로젝트들이, 일본 상품 시장에서 방향을 발견하고 방법을 찾은 수범 사례로 적용되어야 할 곳은 매우 많아 보인다.

3·1절 제92주년을 맞고 또 보내면서 임정시절에 제작된 영

문 화보집이 공개되고 순국선열과 애국지사 176명을 포상하는 등 여러 행사들이 줄지어 있으나, 정작 아픈 역사의 상처를 생산적인 미래의 교훈으로 전환하는 의지와 효율성은 잘 실감이 나지 않는다. 이와 같은 때, 한 재외국민이 걸어온 진실한 삶의 범례에 그 해답의 시사점이 숨어 있는 것 같아 그를 여기에 불러온 터이다.

균형 있는 삶이 아름답다

2011년 11월, 경희대학교에서 주최하는 해외동포문학상 시상식 행사를 위해 미국 뉴욕을 다녀왔다. 모두 5백 편이 넘는 미주 동포들의 작품이 접수되고 소정의 심사과정을 거친 다음 현지에 가서 시상을 하는 제도로, 그때 제4회에 이르렀다. 대상 수상자의 이름은 권금성, 캐나다 토론토에 거주하는 동포 문인이었다.

그런데 출국하기 직전, 잘 모르는 분으로부터 이메일 한 통이 날아왔다. 자신의 이름은 권천학이고 이번 문학상의 대상 수상자이며, 2년 전 서울신문의 칼럼 '문화마당'에서 필자가 그의 딸에 관련된 글을 쓰면서 이름을 거론한 적이 있다는 것이었다. 그 이름은 생각이 나지 않았으나 딸 김하나의 경우는 기억이 생생했다. 북미동아시아도서관협의회 한국분과위원회 회장이며, 미국의회도서관이 독도의 이름을 '리앙쿠르 바위섬'으로 바꾸는 회의를 저지시킨 장본인이었기 때문이다.

다시 그 칼럼을 찾아서 읽어보니, 딸에게 '행동하지 않으면 매국노'라고 가르친 어머니의 이름이 권천학이었고 그때 나이가 62세였다. 권씨는 혹시 문학상 공모에 본명으로 응모했을 때, 행사를 주관하는 필자가 부담을 느낄까봐 설악산 바위 봉우리의 이름인 권금성을 필명으로 썼다고 했다. 딸을 올곧게 가르쳐서 정부로서도 어려운 나라사랑의 모범을 보이게 한 것도 그렇거니와, 굳이 이름을 숨기고 몰래 작품을 낸 그 마음 씀새가 사뭇 감동적이었다.

권씨는 뉴욕의 시상식에 참석하지 못했다. 그날이 마침 딸 김하나 씨가 둘째 아이를 출산하는 날인 까닭에서였다. 그러나 이 사연을 전해들은 시상식장은 감탄의 소리와 박수의 열기로 넘쳤다. 그 광경을 바라보며 필자는, 한 사람의 균형 있는 교양과 건전한 상식이 스스로를 귀하게 하는 동시에 많은 사람들에게 공감을 촉발하는 것이라는 생각을 했다. 너도 나도 한쪽으로 치우쳐서 균형을 잃기 쉬운 시대에, 충직한 양심이 살아있음을 보는 일이 감동적이지 않을 수 없었다.

지난 10일, 선천성 심장 질환을 앓던 영아가 수혈을 금기시하는 종교의 교리에 어긋난다는 부모의 반대로 수술을 받지 못한 채 숨진 일이 있었다. 해당 병원은 부모가 수술을 계속 거부하자 이례적으로 '진료업무 방해금지 가처분 신청'을 냈으며, 부모는 병원을 옮겼고 끝내 아이를 구하지 못했다. 사인死因에 대한 병원과 부모의 주장이 다르나, 인간의 생명권과 종교적 신념 사이의 논란을 촉발한 당사자인 것은 같다. 우주의 천지만물 가운데 인간의 생명이 가장 소중하고 인간이 세계의 중심이라고 보는 세계관이 인간중심주의이다. 아이의 부모는 이 주의가 가진 일반적 상식의 균형성을 지키지 않았고, 그로 인해 세간의 비난을 피하기 어렵다.

상식을 지키는 삶은 아름답다. 이는 해야 할 일과 해서는 안 될 일 사이에 올바른 균형감각을 유지하는 태도에서 비롯한다. 어떤 종교적 신념도 이 금단의 선을 넘어서면 해악으로 발전할 길을 열어두는 셈이 된다. 신의 이름으로 벌이는 전쟁이나 투쟁에 상식이 결여되어 있으면, 그것은 공동선公同善을 향한 성전聖戰이 아니라 편협한 종교적 테러에 그칠 뿐이다. 민간인을 납치하고 살해하는 탈레반의 경우가 바로 그렇다. 아주 적절한 사례가 가까이에 또 있다. 궁핍한 국가 환경을 지원해온 한국에 대해 지속적인 도발을 감행하는 북한의 행태가 그러하다.

일찍이 공자가 가르쳤던 중용의 도리는 지나치거나 모자람이 없는, 어느 한쪽으로 치우치지 않는 삶의 자세를 말한다. 그것이 정신 수양과 덕의 실천 방법이라는 데 유가의 뜻이 있다. 이는 단순히 좌우로 치우치지 않는 한가운데라는 소극적 의미가 아니다. 정신적으로 올바른 속에 평범하면서도 떳떳한 처신의 상황을 일컫는, 매우 진취적인 인식의 방식이다. 그러기에 중용은 곧 상식의 균형성과 소통된다. 연말연시의 다난한 시기에, 이 범상하면서도 소중한 삶의 길을 익혀보았으면 한다.

남북 인적 교류의 새로운 차원

오늘날 동북아시아 또는 한반도를 배경으로 하는 모든 분야의 정책 결정에 있어, 남북관계는 변수變數가 아닌 상수常數의 지위에 이르렀다. 일찍부터 세계 열강의 각축장이 되었던 지정학적 전사前史도 그러하지만, 북핵문제를 비롯하여 국제적 이해관계가 직접적으로 충돌하는 현실에 있어서도 그러하다. 그런 까닭으로 북한에 어떻게 접근하고 북한을 어떤 방식으로 다룰 것인가는 고도의 전문성과 예리한 경각심을 필요로 한다. 특히 북한과 맞서서 동족으로서의 공동체 의식과 주적主敵으로서의 대항 의지를 동시에 발현해야 하는 한국의 경우에는 더 말할 나위가 없다.

남북 간에 서로 국가 이익을 추구하는 패러다임이 고착화하는 것은 곧 70년에 이르는 분단시대의 고착화를 말한다. 이 객관적 현상은 피부에 와 닿는 적색경보를 발령하지 않고 있을 뿐, 실상은 매우 위험한 일이다. 한 나라나 민족이 분단된 후 다시 원상회복을 할 수 있는 탄력이 소멸되는 데는 두 가지 기준이 있다고 한다. 하나는 그 분단의 세월이 1백 년, 다시 말해 세 번의 세대를 넘어가는 것이다. 원래 한 나라였던 베네룩스 3국이 이제는 완전히 분리된 것이 이에 대한 예증이 된다.

다른 하나는 분단된 두 공동체 국민의 평균 신장이 10센티미터 이상 차이가 나는 것이다. 요약하여 말하면, 이는 두 체제 사이의 경제적 그리고 사회적 삶의 격차를 뜻한다. 그렇게 삶의 질이 달라지면, 통합 이후의 위화감을 예단하여 통합 그 자체에 대한 선호가 사라진다는 판단이다. 북한군의 2010년 입대 기준은 키 137센티미터 이상이었고, 현재 한국군의 입대 면제는 145센티미터 이하이다. 거기다 158센티미터 이하는 공익 근무로 분류된다. 이 수치의 비교는 남북 간의 청소년이 영양 공급을 비롯한 성장 과정 상의 여러 부문에서 매우 심각한 차별성을 안고 있다는 사실을 증거한다.

더 늦어지기 전에 이 분단시대의 고착을 풀어낼 방법론이 적극적으로 모색되어야 한다. 우선은 그 원인행위를 어떻게 해소할 수 있을 것인가를 숙고해야 하고, 거기에 정권적 차원이 아니라 민족적 차원에서 접근할 길을 탐색해야 한다. 햇볕정책이 가졌던 새로운 의욕과 시도는 남북관계를 전환하는 의미 있는 물꼬를 트고 여러 부면의 성과를 거두었다. 그러나 그 바탕에 민족 전체의 행로보다 당시 정권의 눈높이에 맞는 대목이 잠복해 있었음을 부인하기 어렵다. 결국 그다음 정권들은 이를 계승하지 않았다.

양 체제 간의 화해가 제스처에 지나지 않고 한 시기의 협력이 언제든지 폐기될 수 있을 만큼, 남북관계의 기류는 변화와 변덕이 심하다. 한국의 역대 정부들도 그 정부 내부에서의 일관성을 지키기가 쉽지 않았다. 북한의 권력 체제가 변모하여 3대 세습에까지 이른 지금, 남북 교류에 있어서의 온전한 방향성과 국민을 설득할 수 있는 효율적인 패러다임을 제시해야 할 때이다. 이 문제에 관한 필자의 생각은 이렇다. 정치·경제·사회·군사 등 모든 측면에서 국기國基를 준수하고, 문화적 측면에서는 과감한 개방을, 그리고 국민적 의식의 측면에서는 투명한 공유를 근간으로 하자는 것이다.

그동안 우리와 같이 분단국가로 있던 독일과 베트남의 경우 통일을 이루었고, 중국의 경우 대만과 양안관계의 벽을 무너뜨렸다. 예멘과 팔레스타인의 경우도 남북관계처럼 폐쇄되어 있지는 않았다. 타의에 의해 서로 분산된 가족이 생사소식을 알 수 있는 편지 한 장 주고받지 못하는 것이 남북 이산가족의 실상이다. 봉함 편지가 아니라 공개된 엽서조차 허용되지 않는다. 그러기에 한반도 분단의 비극은, 그야말로 금세기에 가장 끝까지 남은 반인권적 사건이요 반인도주의적 범죄에 해당한다. 따라서 이 사안은 남북 간의 개별적인 과제가 아니라, 이 분단의 역사에 개입한 세계 열강의 공통된 숙제이다.

독일 통일의 경험에서 학습할 수 있었던 것은, 어떤 상황이라도 정치의 통합과 국토의 통합이 앞설 수 없다는 것이었다. 서로의 생각을 나누는 의식의 통합, 삶의 실제적인 접촉 면적을 넓히는 문화의 통합이 선행되어야 비로소 다음의 다른 단계가 진행될 수 있었다. 남북한 모두가 이 문화 및 의식의 차원을 무리 없이 모양 좋게 추진할 수 있는 지점이 있다면, 그것은 인도주의적 인적 교류, 곧 이산가족 문제를 해소하는 데 집중하는 일이다. 무엇보다도 이 문제는 양 체제의 정치적 도덕성을 강화하고 국제사회의 호응을 유발할 수 있으며, 장기적으로는 정권 담당자의 민족적 성취에 대한 복무를 역사의 기록으로 남길 것이다.

무엇보다도 이산가족 문제는 촌각을 다투는 시한성에 걸려 있다. 금방 돌아올 것으로 여기고 정든 고향산천과 부모형제를 떠나온 월남 1세대들은, 이제 그 숫자에 있어서도 얼마 남지 않았고 이 세상에서 유명幽明을 달리할 날도 얼마 남지 않았다. 월남 당시 5백만을 상회하고 이들이 북한에 그만큼의 가족을 남겨두고 왔기 때문에, 도합 1천만의 이산가족으로 불리었던 터이다. 무심한 세월이 흐르는 동안 그 많던 이들이 한 사람 두 사람 세상을 떠나고, 남아 있는 소수의 사람들은 어쩌다 복권 당첨처럼 주어지는 가족재회의 기회를 허망하게 기다리고 있을 뿐이다. 정치가 국민의 눈에서 눈물을 닦아주는 것이라는 윤리를 가졌다면, 동시대의 남북한 지도자들은 다른 어떤 무엇보다도 먼저 이 문제의 해결에 소매를 걷고 나서야 옳다.

1983년에 발족한 일천만이산가족재회추진위원회의 실무를 맡아 꼭 20년을 일하는 동안, 필자는 언제나 이 문제는 'all or nothing'의 각오로 임하지 않으면 풀 수 없다고 강조했다. 세상에 무슨 일이 이것 아니면 다른것 모두를 하지 말라고 할 수 있을까마는, 죽의 장막이나 철의 장막보다 더 완강한 이념의 장막에 둘러싸인 북한이 협의의 당사자였다. 처음부터 협상의 기술적 고려를 내던지고 여기에 '올인' 하는 자세를 갖지 않고서는 저 빙벽을 넘을 방도가 나서기 어려웠던 것이 사실이다. 하지만 역대 우리 정부는 그렇게 못했다. 이산가족 문제 말고도 북한과 나누어야 할 안건이 너무 많았다. 그 가운데 일부는 정권의 이익을 위한 것이기도 했다.

일부에서는 이 주장이 고착적 상호주의로 흘러서 강고하기 이를 데 없는 북한과의 대화에 걸림돌이 된다고 했다. 그럴 수도 있을 것이다. 그런데 상호주의에는 고착적인 방식만 있는 것이 아니라 탄력적인 방식도 있다. 우리가 쌀을 보낼 때 잠수함을 보내고 국제사회의 동반자로 나서기를 원할 때 핵 위협을 일삼는 북한을 두고, 탄력적 상호주의를 적용하는 방식은 매우 온당한 처사다. 인도적 차원에서 식량을 지원하거나 문화·체육·

학술 등 여러 유형의 교류를 수행할 때, 그때마다 이산가족 문제가 그 바닥에 깔려 있어야 한다는 말이다. 그것이 이를테면 전략으로서의 'all or nothing'이다.

또 하나 유의해야 할 것은, 남북대화를 담당하고 이산가족 문제를 추진해나갈 전문가 집단을 육성해야 한다는 점이다. 정권이 바뀔 때마다 책임을 맡은 담당자가 바뀌는 경박한 인사 운영 시스템으로는, 노회하게 전문화되어 있는 북한의 대남 라인과 협상 테이블에 앉아 비교 우위를 점유하기 어렵다. 굳이 독일이나 일본의 전문성 있는 관료 집단을 예로 들지 않더라도, 앞서 언급한 바와 같이 이산가족 문제를 정권적 차원이 아니라 민족적 차원에서 먼 장거리의 비전을 갖고 대응해야 할 이유다.

이 분야의 업무에서 성공한 사례는 다음 세대로 계승되고 변화하는 시대적 상황에 맞도록 응용되어야 한다. 인적 교류의 확장에 북한이 난색을 표하는 이유를 정치하고 기민하게 포착한 다음, 그에 대한 안전장치를 고민해 보아야 한다. 이 문제가 북한의 체제 유지에 위험이 되지 않는다는 메시지를 전달하면서 끈기 있게 설득해야 한다. 궁극적으로는 북한이 차우세스쿠의 운명이 아니라 덩샤오핑의 영광을 뒤따를 수 있도록 협력하는 진정성을 보여주어야 할 것이다.

필자가 과거 발터 프리스니츠 독일 내독성 차관에게 들은 바로는, 동독을 설득할 때의 서독은 단 한 번도 양자 간에 합의

된 사실을 정권을 위한 언론 플레이에 이용하지 않았다고 했다. 조용하지만 실질적인 대화와 협상, 조급해하거나 무리하지 않고 멀리 민족적 장래를 내다보며 한 걸음 한 걸음 신중하게 운행하는 노력이 남북 이산가족 문제 해결의 현장에도 있어야겠다. 그런 연후에 오늘의 정치 지도자들이, 민족적 숙원의 새로운 문을 연 인물로 기록되는 밝은 내일을 꿈꿀 수 있었으면 좋겠다.

최우선은 이산가족 상봉이다

남북 이산가족의 제3차 교환 방문이 이루어지던 2001년 봄으로 기억된다. 일천만이산가족재회추진위원회란 긴 명칭을 가진 기구에서 사무총장을 맡고 있던 필자는, 손석희·박영선 아나운서가 진행하는 방송 프로그램에 출연하여 얼토당토않은 말을 했다. "앞으로 10년 후면 남북 이산가족의 재회 문제는 거의 해결될 것입니다." 당연히 반문이 있었다. "아니, 이 문제를 그렇게 낙관적으로 보십니까?"

낙관적일 리가 없었다. 그로부터 다시 10년 세월이 지나면, 고향산천과 부모형제를 남겨두고 월남한 이산가족 1세대의 생존자가 현저히 줄어들어 문제 자체가 사라지는 시한성에 쫓긴다는 뜻이었다. 그동안 이산가족정보통합시스템에 등록된 이산가족 찾기 신청자는 모두 12만 9264명이었고 이중 생존자는 2013년 말 기준으로 7만 1480명이었다. 북한 이산가족의 통계는 알 수가 없다. 북한의 가족을 배려하는 등의 사정으로 등록을 하지 않은 이들을 감안하면 남한 1세대의 숫자가 훨씬 늘어나겠지만, 이들에게 남은 날이 많지 않음은 불을 보듯 밝다.

1세대가 유명을 달리한 다음, 2·3세대의 후대가 가족이요 친척이라는 법적 관계로 만나는 자리에 무슨 감동이 있을 것인가. 그보다 일생을 그리움과 기다림으로 살다가 그 마지막 소망을 이루지 못하고 떠난 분들에게 어떤 진혼곡을 바칠 수 있을 것인가. 이를 인도주의적 문제라 부르는 것은, 혈연의 비원悲願을 풀어주는 일이야말로 인간의 도리라는 의미이다.

2000년 8월 남북 이산가족 상봉 시기에 서울에서 어머니를 만났던 북한 최고의 수학자요 김일성대학 교수 조주경 박사가 수면제로 자살했다는 소식이 들려왔다. 사회주의 이념을 좇아 월북했다가 반세기 만에 어머니와 상봉한 자리에서 눈물을 보이며 울었다는 이유로 북한 노동당의 강한 비판을 받아왔다는 것이다. 그의 어머니 신재순 씨는 북한 잡지가 아들의 사망 소식을 전하던 바로 그날, 92세를 일기로 세상을 떴다고 한다.

친 혈육의 만남을 이렇게까지 아프게 하는 것이 바로 남북한 가족 이산의 실상이다. 칠순을 앞둔 아들이 구순이 넘은 어머니를 만나 눈물을 흘린 것이 죄가 된다면, 그것은 이미 온전한 사람들이 사는 세상이 아니다. 신경숙의 소설 《엄마를 부탁해》가 미국에서 호평을 받은 것은, 번역이 좋았다는 측면도 있지만 무엇보다도 어머니를 소중히 하는 인류 보편의 감응력을 잘 형상화했기 때문이다. 남북 간에 산적한 과제 가운데 외교나 경제와 같은 어떤 부면보다도 시급한 것이 바로 이 인적 교류의 숙원을 푸는 일이다.

근자에 박근혜 대통령이 '통일대박'을 주창하고 통일준비위원회를 출범시키기로 하자, 국내외 여론이 이를 매우 긍정적으로 평가하고 있다. 국토가 분단된 지 70년을 눈앞에 둔 시점이고 보면 만시지탄의 감도 없지 않다. 통일준비위원회가 어떤 실효성 있는 활동을 펼쳐 나갈지 알 수 없으나, 이산가족 1세대의 가족재회와 고향방문을 우선적인 의제로 다루어주기를 바란다. 다른 일은 시간을 벌어가며 추진할 수 있으나, 이 일은 그야말로 촌각을 다투는 형국이기에 그러하다.

또 하나 소홀히 하지 말아야 할 것은 외형적이고 가시적인 성과에 매달리기 전에 근본적인 차원의 '통일의지'를 확고히 다져야 한다는 점이다. 독일의 통일은 이 대목에 오랜 공을 들였다. 국민적 공감대를 도출하는 일도 그렇지만, 특히 북한이 이것을 함께 가꿀 수 있도록 촉발하는 일이 중요하다. 다양한 통일문화의 발양, 중국·중앙아시아·일본 등지의 한민족 디아스포라 활용 등이 방안이 될 수도 있을 것이다. 이와 같은 기초가 공고하다면, 그 구체화 과정과 실천 프로그램이 훨씬 더 탄력을 받을 것이다.

남북관계 개선,
돌파구는 문화다

원래 하나의 공동체였다가 둘 이상으로 분단된 나라가 다시 하나로 돌아가는 데는 많은 대가를 치러야 한다. 그나마 그렇게 해서 돌아갈 수라도 있으면 다행이지만, 자칫 그 분단이 영원히 고착되어버릴 수도 있다.

그동안 박정희 정권의 '한국적 민주주의'나 김일성 정권 이래의 '우리식 사회주의'는, 상대방을 '괴뢰 정권'이라 부르면서도 그 상대방으로 인하여 자기 정권 유지의 명분을 확보하는 버팀목의 기능을 나누어 가졌다. 한반도의 남북에서 내용은 다르나 형식이 같은 정치적 도그마가 장기간 통용되었다는 사실은 기묘하면서도 상징적이다.

그렇게 어려운 것이 남북관계다. 다변화하는 국제관계를 외면하고 폐쇄된 울타리 속에서 호전적 모험주의를 고수해 온 북한은 김일성 또는 김정일의 사후에도 별반 변한 것이 없다. 결국 우리는 정치·경제·사회·군사 등 여러 측면의 남북관계에 상대성의 원칙을 적용하고 배타적으로 국기國基를 지켜 나갈 수 밖에 없다.

이 근간을 무너뜨리면 국가 정체성에 문제가 생길 수도 있다. 그러나 사방이 모두 막혔을 때 남은 방향은 위로 인식의 영역을 확대하거나 아래로 의식의 심층을 확장하는 길이다. 이는 정치 이전의 정치의식, 경제 이전의 경제의식과 같이 우리 삶의 근본을 이루는 문화의 길을 말한다. 언어도단이면 심행처라는 옛말도 이와 같은 새 길을 일컫는다.

돌이켜보면 DJ의 '햇볕정책'은 남북 간의 긴장완화와 화해 무드를 조성하려는 시도가 좋았다. 다만 그 각론에 있어서 정치적 접근 보다 문화적 접근을 앞세웠어야 옳았다. MB의 '상호주의'는 남북 관계의 보편적 질서를 지키려는 의도가 좋았다. 다만 그 상호주의가 고착적이기 보다는 탄력적이어야 했고 상충의 가능성이 낮은 문화적 접근으로 활로를 여는 것이 옳았다.

지난 10년간 북한에서 가장 인기 있는 소설은 홍석중의 《황진이》이다. 작가는 《임꺽정》을 쓴 벽초 홍명희의 손자이며 《리조실록》 편찬을 주도한 국어학자 홍기문의 아들이다. 이 소설에 이제껏 북한문학에서 볼 수 없었던 성애性愛 묘사와 체제순응적 표현의 희석 등 차별성이 나타난 것은, 북한문학의 중심인 '주체문학론'과 조금은 방향이 다른 '현실주제문학론'의 증빙이다.

그 변화는 북한문학이 아직 겪어보지 않은 세계를 향해 내미는 여린 촉수에 불과하다. 하지만 그로써 북한이 60여 년간 폐쇄했던 문호를 개방하는 하나의 시금석이 될 수 있다면 평양판 황진이는 역사적 책임을 감당한 것이 된다. 문학과 문학외적인 삶이 그 외형은 다를지라도 내포적 의미에 있어서 긴밀히 소통되는 것이기에, 문화의 길이 새 역사의 길을 예비할 수 있다는 뜻이다.

근자에 3000쪽에 달하는 북한문학 연구자료 총서 4권을 엮어내면서, 필자는 홍석중의 황진이처럼 북한문학의 변모를 반영하는 여러 등장인물들을 그 가운데서 만났다. 그리고 이들이 견인할 남북한 문학의 접점과 새로운 문화통합의 가능성에 대한 기대로 한동안 행복했다.

출처

백 년의 사랑 | 매일경제신문, 2014. 9. 27

가을의 기도 | 매일경제신문, 2014.11.1

죽어서 별이 된 예술가 | 한국일보, 2012. 11. 17.

한 작가의 새로운 경계 | 문학나무, 2012. 11.

예술혼의 두 경우 | 한국일보, 2012. 11. 3.

우리 문학의 새로운 길 | 한국일보, 2012. 1. 28.

작가는 작품으로 죽음을 넘는다 | 국민일보, 2011. 5. 24.

박완서, 체험과 치유의 글쓰기 | 국민일보, 2011. 4. 26.

예술적 허구의 힘 | 서울신문, 2011. 1. 26.

문학의 작은 거인 | 서정시학, 2013. 1.

하동과 창원의 '문화분권' 실험 | 매일경제신문, 2013. 11. 2.

내일 소녀네가 양평읍으로 이사 간다는 것이었다 | 매일경제신문, 2013. 9. 28.

인문학은 돈이 될 수 있는가 | 매일경제신문, 2013. 7. 13.

투사와 시인 | 매일경제신문, 2013. 3.

다시 인문학의 길을 묻다 | 한국일보, 2012. 10. 20.

목후이관들에 대한 반역 | 행복한 문학편지, 한국도서관협회, 2012. 9.

시대를 넘어서는 시 | 경향신문, 2012. 7. 7.

고성 '동화나무의 숲' | 경향신문, 2012. 6. 9.

미에 신이 있느니라 | 하동 토지문학관 회보, 2012. 4.

다시 감수성의 혁명을 | 경향신문, 2012. 1. 21.

행운은 준비된 사람에게 온다 | 2014. 12. 6

대팻날을 가는 시간 | 한국가스공사, 2014. 7.

생의 마지막 5분 앞에 선다면 | 매일경제신문, 2013. 12. 11.

말 속에 얼굴이 있고 마음이 있고 갈 길이 있다 | 매일경제신문, 2013. 08. 06.

희망은 공짜다 | 한국일보, 2012. 11. 29.

현재는 선물이다 | 한국일보, 2012. 10. 08.

금 간 항아리 | 한국일보, 2012. 09. 21.

명품은 우리 안에 있다 | 국민일보, 2011. 06. 20.

사람됨이 관건이다 | 국민일보, 2011. 03. 25.

창의력이 희망이다 | 서울신문, 2011. 03. 09.

마음에 잠복한 선한 의지를 깨우자 | 사단법인 국민통합 발표, 2014. 6. 12.

'견딜 수 없는 고통'의 반대말은 | 매일경제신문, 2014. 6. 7.

눈물은 나누고 희망은 지키고 | 매일경제신문, 2014. 5. 3.

선을 쌓은 곳에 경사스러운 결과가 있다 | 경남메세나, 2014. 1.

생명을 살린 아름다운 손길 | 한국일보, 2012. 07. 27.

감동이 있는 삶 | 경향신문, 2012. 05. 08.

공룡과 빗물 | 경향신문, 2012. 03. 13.

편작의 마음을 가진 리더 | 경향신문, 2012. 02. 16.

농어촌에 희망을 주는 문학이 가능할까 | 서울신문, 2011. 06. 20

참된 감동은 세대를 넘는다 | 서울신문, 2011. 04. 12.

신조선책략 | 매일경제신문, 2014, 2. 22.

멀리 가려거든 함께, 곡선으로 | 매일경제신문, 2014. 1. 11.

하얼빈 역전의 안중근 의사 | 한국일보, 2013. 01. 11.

답은 역사 속에 있다 | 한국일보, 2012. 12. 27.

대선 후보의 본질을 보자 | 한국일보, 2012. 12. 17.

대통령의 유머 | 한국일보, 2012. 09. 07.

'역사 전쟁'에서 이기려면 | 한국일보, 2012. 08. 21.

주머니 속의 바늘 | 한국일보, 2012. 07. 16.

두 여자의 아이 다툼 | 경향신문, 2012. 04. 13.

주춧돌을 놓는 행복 | 국민일보, 2011. 1. 3.

문학 세계대회의 빛나는 모범 | 매일경제신문, 2014. 8. 22.

해외에서 모국어로 글쓰기 | 매일경제신문, 2014. 7. 19.

문학의 경계인들, 분단과 전쟁을 딛고 서다 | 중앙일보, 2013. 07. 22.

'엘불리'의 교훈 | 한국일보 2012. 8. 10.

건전한 상식이 재난을 이긴다 | 매일경제신문, 2015. 6. 26.

도쿄의 한국 장터 | 국민일보 2011. 3. 25.

균형 있는 삶이 아름답다 | 서울신문 2010. 12. 16

남북 인적 교류의 새로운 차원 | 통일로 가는 길, 2014. 6.

최우선은 이산가족 상봉이다 | 매일경제신문, 2014. 3. 29.

남북관계 개선, 돌파구는 문화다 | 서울경제신문, 2012. 8. 31.